Della stessa autrice in edizione Garzanti:
La casa dei destini intrecciati
L'arte di cucinare desideri

ERICA BAUERMEISTER

LA SCUOLA DEGLI INGREDIENTI SEGRETI

Traduzione di
SARA CARAFFINI

Garzanti

Prima edizione: maggio 2009
Prima edizione in questa collana: maggio 2018
Nuova edizione: giugno 2021

Per essere informato sulle novità del Gruppo editoriale Mauri Spagnol visita:
www.illibraio.it

Traduzione dall'inglese di
Sara Caraffini

Titolo originale dell'opera:
The School of Essential Ingredients

Illustrazioni di Gloria Attoun

ISBN 978-88-11-00212-3

Printed in Italy

www.garzanti.it

LA SCUOLA DEGLI INGREDIENTI SEGRETI

A Heidi, Karin e papà

Lillian amava sopra ogni altra cosa l'attimo appena prima di spegnere le luci. Indugiava sulla soglia della cucina del ristorante, alle sue spalle l'aria fradicia di pioggia, e lasciava che gli odori la raggiungessero: lievito fermentato, caffè dolce-terroso e aglio, sempre più intensi. Sotto di essi, più elusivo, si espandeva il persistente aroma di carne fresca, pomodori crudi, cantalupo, acqua su lattuga. Lillian inspirò, sentendo gli odori spostarsi intorno e attraverso di lei, persino mentre tentava di individuare quelli capaci di suggerire un'arancia marcescente alla base di una catasta o se la nuova vice chef stesse ancora mettendo dosi doppie nei piatti di curry. Era davvero così. La ragazza era figlia di un'amica e sufficientemente abile con i coltelli, ma a volte, pensò Lillian con un sospiro, era come cercare di insegnare la delicatezza a un temporale.

Ma quella sera era lunedì. Niente vice chef, niente clienti in cerca di conforto o celebrazione. Era lunedì sera, la sera della lezione di cucina.

Dopo sette anni di insegnamento, Lillian sapeva come sarebbero arrivati i suoi allievi, la prima sera di corso: varcando la porta della cucina da soli o in improvvisati gruppetti di due o tre formatisi sul vialetto d'accesso al ristorante quasi buio, impegnati nella sommessa e nervosa conversazione di sconosciuti che ben presto toccheranno l'uno il cibo dell'altro. Una volta dentro alcuni si sarebbero radunati, dedicandosi alle tipiche prime mosse volte a instaurare un rapporto, mentre altri si sarebbero aggirati per la cucina, le dita tese ad accarezzare pentole di rame o afferrare un peperone di un rosso scintillante, come bambini attratti dalle decorazioni appese a un albero di Natale.

Amava osservare gli studenti in quel particolare momento: erano elementi destinati a farsi più complessi e affascinanti man mano che si mescolavano tra loro, ma all'inizio, messi in risalto dal non familiare ambiente circostante, rivelavano chiaramente la propria essenza. Un giovane che si allungava per toccare la spalla dell'ancora più giovane ragazza al suo fianco – «Come ti chiami?» – mentre la mano di lei cadeva sul piano di lavoro in acciaio inox per poi sfiorarne la superficie liscia. Un'altra donna in piedi da sola, la mente ancora occupata da… un figlio? Un amante? Di tanto in tanto c'era una coppia, innamorata o allo sfacelo.

Gli allievi di Lillian arrivavano con una vasta gamma di motivazioni diverse, alcuni attratti da una brama tuttora inappagata di sentire mormorare complimenti culinari, altri venuti per trovare un cuoco più che per diventarlo. Taluni partecipanti non desideravano affatto delle lezioni di cucina, presentandosi con un buono regalo in mano, come durante una marcia forzata destinata a un sicuro fallimento; sapevano che le loro torte sarebbero sempre risultate basse, le loro salse alla crema piene di piccoli e sconcertanti grumi di farina, come bollette nella cassetta della posta quando avevi sperato in una lettera d'amore.

Poi c'erano quelli che parevano non avere altra scelta, che non riuscivano a rimanere fuori da una cucina più di quanto un cleptomane riuscisse a tenere le mani in tasca. Arrivavano in anticipo, restavano fino a tardi, fantasticavano sulla possibilità di lasciare il proprio lavoro aziendale per diventare chef provando il senso di colpa misto a piacere di un adulto che scavalchi le pietanze sul menu per puntare direttamente ai dolci. Il fatto che l'anima di Lillian bramasse quest'ultimo gruppo in particolare era prevedibile ma, a dire il vero, lei li trovava tutti affascinanti. Sapeva che, qualsiasi fossero le ragioni della loro presenza là, a un certo punto durante il corso gli occhi di ogni studente si sarebbero sgranati per la gioia o le lacrime o la risolutezza: succedeva sempre. Il tempismo e la motivazione sarebbero stati diversi per ciascuno di loro, ed era proprio quello il fascino della cosa. Non esistono due spezie che agiscano nello stesso modo.

La cucina era pronta. I lunghi piani di lavoro in acciaio si trovavano di fronte a lei, ampi e freschi nel buio. Lillian capì, senza nemmeno guardare, che Robert aveva ricevuto le verdure ordinate al produttore ortofrutticolo che faceva consegne soltanto il lunedì. Caroline doveva essere stata addosso a Daniel, magro e dalla lingua insolente, finché i pavimenti non erano stati strofinati, gli spessi tappetini di gomma sciacquati con la canna fino a diventare neri e scintillanti. Dietro le porte a vento in fondo alla cucina, la sala era pronta, una quieta distesa di tavoli sotto tovaglie di lino bianco inamidate, i tovaglioli ripiegati in precisi triangoli sopra ogni coperto. Ma quella sera nessuno avrebbe usato la sala. L'unica cosa importante era la cucina.

Lillian stiracchiò le dita una, due volte, poi accese la luce.

Lillian

Lillian aveva quattro anni quando il padre se n'era andato di casa e la madre, stordita, si era tuffata nei libri come una foca nell'acqua. Lei l'aveva guardata immergersi e scomparire, intuendo, nonostante la sua tenera età, la natura impersonale di una scelta fatta semplicemente per sopravvivere e adattandosi alla nicchia in cui ormai avrebbe abitato, con il ruolo di osservatrice dalla riva dell'oceano materno.

In questa nuova vita il volto di sua madre era divenuto una serie di copertine di libri, tenuti sospesi laddove dovrebbero normalmente comparire occhi, naso o bocca. Ben presto Lillian imparò che le copertine potevano preannunciare stati d'animo tanto quanto le espressioni facciali, perché la madre si immergeva bene a fondo nei volumi che leggeva, finché la personalità del protagonista non la circondava come un profumo spruzzato copiosamente da una mano sconsiderata. La bambina non sapeva mai con sicurezza chi l'avrebbe accolta al tavolo della colazione, benché l'accappatoio, i capelli, i piedi fossero sempre gli stessi. Era come avere per madre un prestigiatore, anche se lei sospettava sempre che i maghi visti alle feste di compleanno una volta tornati a casa si ritrasformassero in uomini corpulenti con tre figli e un prato che andava tosato. Sua madre finiva semplicemente un romanzo per passare subito al successivo.

La passione materna per i libri non era un'occupazione totalmente silenziosa. Molto tempo prima che il padre di Lillian le abbandonasse, molto tempo prima che Lillian capisse che le parole avevano un significato al di là della musica delle loro sillabe, la madre le aveva letto delle storie.

Non libriccini cartonati, con le illustrazioni dai colori primari e le rime monosillabiche. La donna li ignorava come un addetto al controllo qualità a corto di tempo e con una lunga lista di prodotti da esaminare.

«Non c'è motivo di mangiare patate, Lily», diceva, «quando ci sono pasti di quattro portate già pronti ad aspettarti.» E leggeva.

Considerava magica ogni parte di un libro, ma a deliziarla più di qualsiasi altra cosa erano le parole stesse. Collezionava frasi squisite e ritmi elaborati, descrizioni che colavano sulla pagina come impasto per dolci versato in una teglia, e che leggeva ad alta voce per collocare le parole nell'aria, dove poteva udirle oltre che vederle.

«Oh, Lily», diceva, «ascolta questa. Suona *verde*, non trovi?»

E Lillian, troppo piccola per sapere che le parole non erano colori e i pensieri non erano suoni, restava ad ascoltare mentre le sillabe cadevano lente attraverso di lei, e pensava: "Ecco che suono ha il verde".

Dopo la partenza di suo padre, tuttavia, le cose cambiarono, e Lillian arrivò a sentirsi sempre più una mera assistente, muta e servizievole, nell'ambito della raccolta di frasi eccezionali oppure, se si trovavano in un luogo pubblico, la copertura sociale della madre. La gente sorrideva dinnanzi allo spettacolo di una genitrice che nutriva l'immaginazione letteraria della figlia, ma Lillian era di diverso avviso. Dal suo punto di vista, la madre era un museo per le parole e lei una dépendance, indispensabile quando lo spazio nell'edificio originario scarseggiava.

E non fu certo una sorpresa se, quando per lei giunse il momento di imparare a leggere, si rifiutò di farlo. Non fu soltanto un atto di sfida anche se, quando ebbe inizio la scuola materna, Lillian stava già provando nei confronti dei libri slanci di aggressività che la lasciavano in preda sia alla confusione sia a un lieve senso di potenza. Ma non si trattava solo di quello. Nel suo mondo i libri erano copertine e le parole suono e movimento, non forma. Non riusciva a identificare i ritmi che le si erano insinuati nell'immaginazione con quanto vedeva sulla carta. Le lettere giacevano distese sulla pagina come neri corpicini essiccati di formiche morte, disposte con rigida precisione. Non c'era alcuna magia nella pagina in sé, notò Lillian, e questo, pur accrescendo la sua stima nei confronti delle capacità materne, non incoraggiò affatto il suo interesse per i libri.

Fu durante le sue prime scaramucce con la parola stampata che Lillian scoprì l'arte culinaria. Da quando il padre se n'era andato, i lavori domestici erano diventati per la madre una meta raramente raggiunta, il lavaggio del bucato un conoscente che non ci si ricordava mai di chiamare. Lillian imparò seguendo le madri delle amiche per le rispettive dimore mentre loro fingevano di non accorgersene, fornendo dritte sulla candeggina o sul cambio del sacchetto dell'aspirapolvere come se fosse l'ennesimo gioco cui si dedicavano le bambine. Imparò tutto, e ben presto casa sua – almeno fino a un metro e quaranta di altezza – sviluppò una certa routine domestica.

Ma era l'attività culinaria che si svolgeva nelle abitazioni delle amiche ad affascinarla: gli aromi che cominciavano a chiamarla proprio quando lei doveva tornare a casa, la sera. Alcuni odori erano pungenti, un ticchettio olfattivo di passi su un parquet. Altri somigliavano al tepore nell'aria di fine estate. Lillian restava a guardare mentre il profumo di formaggio fuso richiamava languidamente i figli dalle rispettive stanze, vedeva come l'aglio li rendesse loquaci mentre, scherzando, raccontavano la loro giornata. Trovava strano che non tutte le madri se ne accorgessero: quella di Sarah, per esempio, quando litigava con la figlia adolescente cucinava sempre piatti al curry, il cui aroma sfrecciava attraverso la casa come una sfida. Ma ben presto Lillian si rese conto che molte persone non comprendevano il linguaggio di odori che per lei era evidente come un tabellone pubblicitario.

Forse, pensò, gli odori erano per lei quello che le parole stampate erano per altri, qualcosa di vivo che cresceva e mutava. Non solo il profumo del rosmarino in giardino, ma anche l'odore sulle sue mani dopo che ne aveva raccolto un po' per la madre di Elizabeth, l'aroma che si mescolava all'intenso effluvio di grasso di pollo e aglio nel forno, il tenue residuo odoroso sui cuscini del divano, l'indomani. Per Lillian, da quel momento in poi, Elizabeth fu sempre associata al rosmarino, al modo in cui il suo viso tondo si era raggrinzito in una risata quando lei le aveva accostato al naso il rametto appuntito.

Le piaceva pensare agli odori, così come le piaceva sentirsi fra le mani la pesante pentola della madre di Mary o il sapore della vaniglia che si insinuava nel gusto del latte tiepido. Rammentava spesso il giorno in cui la madre di Margaret le aveva permesso di aiutarla con una besciamella, rivisitando minuziosamente il ricordo nello stesso modo in cui alcuni bambini tentano di recuperare i momenti di una festa di compleanno particolarmente amata. Margaret aveva messo il broncio perché, affermò risoluta, a lei non veniva mai permesso di dare una mano in cucina, ma Lillian aveva ignorato tutte le remore di lealtà. Era salita in piedi sulla sedia, guardando il burro fondersi nel pentolino come un'onda che sprofondi nella sabbia, poi la farina, inizialmente qualcosa di brutto e granuloso che guastava il quadro generale finché non venne mescolata più e più volte, la mano della madre di Margaret che fermava il cucchiaio di legno di Lillian quando quest'ultima avrebbe voluto schiacciare i grumi, e iniziava invece a muoversi lentamente, in cerchio, delicatamente, finché il composto di farina e burro non divenne liscio. Poi l'immagine fu modificata nuovamente dal latte, la salsa che si dilatava per incorporare il liquido e ogni volta Lillian pensava che non potesse contenere nient'altro, che si sarebbe scissa in solido e liquido, e invece non accadeva mai. All'ultimo istante la madre di Margaret scostò la tazza di latte dalla pentola e Lillian osservò la besciamella, un manto di neve intonsa, il suo profumo come la sensazione di quiete al termine di una malattia, quando il mondo ricomincia a sembrare gentile e accogliente.

Quando Lillian compì otto anni cominciò a occuparsi lei della cucina di casa. La madre non sollevò obiezioni; il cibo non era scomparso insieme al padre di Lillian, ma cucinare mentre si leggeva, pur se non impossibile, risultava comunque problematico e, data la tendenza della donna a confondere una spezia con un'altra quando trovava il libro particolarmente coinvolgente, ormai i pasti erano poco riusciti, benché saltuariamente più affascinanti. In ogni caso, il trasferimento da madre a figlia dei doveri di cuoca fu accolto con un certo sollievo da entrambe le parti.

Il passaggio della torcia culinaria segnò l'inizio di anni di sperimentazione, resi sia più lenti sia più anomali dal categorico rifiuto di Lillian di cimentarsi con la parola stampata, fosse pure un libro di cucina. Apprendere tutti i segreti delle uova strapazzate, seguendo un simile approccio pedagogico, poteva richiedere un'intera settimana: una sera uova mescolate delicatamente dalla forchetta; quella seguente, uova sbattute con il latte; in seguito l'acqua, poi la panna. Se la madre di Lillian aveva qualche obiezione, non lo diede affatto a vedere mentre accompagnava la figlia nella sua ricerca di ingredienti, risalendo le corsie del supermercato leggendo ad alta voce il libro del giorno. Inoltre, pensava Lillian in cuor suo, le uova strapazzate cinque sere di seguito sembravano uno scambio equo per una settimana altrimenti dominata da James Joyce. Forse avrebbe dovuto aggiungere dell'erba cipollina, quella sera. *Sì dissi sì voglio Sì.**

Mentre le sue capacità progredivano con il passare degli anni, Lillian apprese altre, inaspettate lezioni culinarie. Notò come l'impasto battuto con troppa energia desse origine a un pane coriaceo e a stati d'animo altrettanto rigidi. Vide che i biscotti morbidi e tiepidi soddisfacevano un'esigenza umana diversa rispetto a quelli fatti raffreddare e

* Battuta finale del celebre monologo di Molly Bloom nell'*Ulisse* di James Joyce (tr. it. di G. de Angelis, Mondadori, Milano 1978). (*n.d.t.*)

croccanti. Più cucinava, più cominciava a vedere le spezie come latrici di emozioni e ricordi dei luoghi da cui provenivano originariamente e di tutti quelli in cui avevano viaggiato nel corso degli anni. Scoprì che la gente sembrava reagire alle spezie in modo molto simile a come reagiva alle altre persone, rilassandosi istintivamente nell'abbraccio di alcune, irrigidendosi in una sorta di *rigor mortis* emotivo quando ne incontrava altre. Prima di compiere dodici anni aveva già iniziato a pensare che un vero cuoco, un cuoco capace di leggere persone e spezie, fosse in grado di prevedere le reazioni prima ancora dell'assaggio iniziale e di influire quindi sull'andamento di un pasto o di una serata. Fu proprio questa consapevolezza a condurla alla sua Grande Idea.

«La farò uscire dal suo guscio cucinando per lei», annunciò a Elizabeth mentre sedevano sul gradino davanti alla porta di casa della sua amica.

«Cosa?» Di otto mesi più vecchia di Lillian, Elizabeth aveva già da tempo perso interesse per la cucina in favore di una più travolgente passione per il vicino della porta accanto che, mentre loro due parlavano, salì sul suo skateboard per poi lanciarsi drammaticamente giù da una rampa montata davanti al cancello di Elizabeth.

«Mia madre. Voglio tirarla fuori dal suo guscio cucinando.»

«Lily.» Il volto di Elizabeth esprimeva un misto di derisione e solidarietà. «Quand'è che ti arrenderai?»

«Ci sono più vicina di quello che credi», disse Lillian. Cominciò a spiegare cosa era arrivata a pensare riguardo ai biscotti e alle spezie, finché non si rese conto che era improbabile che Elizabeth confidasse nel potere della cucina e ancora meno probabile che ne scorgesse la potenzialità di influenzare sua madre.

Ma lei credeva nel cibo nello stesso modo in cui alcuni credono nella religione, così fece ciò che fanno molte persone quando si trovano in una congiuntura critica della loro vita. Quella sera, in piedi in cucina, circondata dalle pentole e padelle collezionate nel corso degli anni, propose un accordo.

"Permettimi di tirarla fuori dal suo guscio", contrattò, "e cucinerò per il resto della vita. Se non ci riesco, invece, rinuncerò per sempre alla cucina." Poi posò la mano sul fondo della padella da trentasei centimetri e giurò. E fu solo perché non aveva nemmeno tredici anni ed era largamente digiuna di tradizioni religiose che non si rese conto che la maggior parte dei patti proposti a una potenza superiore comportano il sacrificio per un risultato desiderato, e quindi che il rischio da lei corso era altissimo, visto che significava vincere, o perdere, tutto.

Come spesso succede con sforzi di tal genere, l'esordio fu catastrofico. Lillian, rinvigorita dalla speranza, si lanciò all'assalto della madre con pietanze escogitate per farle cadere di colpo i libri di mano: piatti odorosi di spezie che puntavano direttamente allo stomaco e alle emozioni. Per una settimana la cucina profumò di peperoncino piccante e coriandolo. La madre di Lillian consumò i pasti come faceva sempre, poi si rifugiò in una costante dieta di romanzi ottocenteschi inglesi, nei quali il cibo aveva raramente un ruolo di primo piano.

Così Lillian fece dietrofront, si riorganizzò e prese a servirle cibo intonato al romanzo del giorno. Porridge, tè e *scones*, carote lessate e pesce bianco. Ma, dopo tre mesi, Charles Dickens lasciò infine il posto a quella che parve una determinazione, da parte della madre, a leggere le opere complete di Henry James, e Lillian cominciò a disperare. La donna poteva anche avere cambiato continenti letterari, ma la situazione rimaneva immutata.

«È bloccata», confidò a Elizabeth.

«Lily, non funzionerà mai.» Elizabeth era ferma davanti al suo specchio. «Dalle un po' di patate lesse e falla finita.»

«Patate», ripeté Lillian.

Un sacco di patate da venti chili giaceva ai piedi della scala nel seminterrato di Lillian. Sua madre l'aveva ordinato durante il periodo *Oliver Twist*, quando generi di prima necessità avevano preso a comparire davanti alla porta in quantità talmente cospicue che i vicini le avevano chiesto se lei e la madre avessero in programma degli ospiti o magari un rifugio nucleare. Se Lillian fosse stata più piccola, forse avrebbe costruito un fortino con il cibo, ma adesso era impegnata. Prese il coltello e tranciò i legacci di tela del sacco, estraendo quattro patate oblunghe.

«Okay, bellezze mie», disse.

Le portò di sopra e lavò via il terriccio dalla superficie cerosa, usando uno spazzolino per pulirne i minuscoli incavi e infossature. Elizabeth si lamentava sempre, quando la madre le faceva lavare le patate per la cena, chiedendosi ad alta voce davanti a Lillian e a chiunque altro si trovasse nei paraggi come mai non si riuscisse proprio a coltivare un tubero perfettamente liscio. Ma a Lillian piacevano le infossature, anche se comportavano un maggiore dispendio di tempo per il lavaggio. Le ricordavano i campi prima che venissero coltivati, quando ogni collinetta o buca era una dimora, la scena di una piccola battaglia o di un piccolo idillio tra animali.

Una volta pulite le patate, prese dalla rastrelliera il suo coltello preferito, le tagliò in quattro e lasciò cadere i pezzi, a uno a uno, nella grande pentola azzurra piena d'acqua che aveva messo sul fornello. Colpirono il fondo con tonfi sordi, appaganti, spostandosi per un attimo qua e là fino a trovare la posizione giusta, poi si fermarono, oscillando solo lievemente quando l'acqua prese a sobbollire.

Sua madre entrò in cucina, davanti al viso un volume delle *Opere complete* di Henry James.

«Cena o esperimento?» chiese.

«Vedremo», rispose Lillian.

Fuori dalle finestre, il cielo si stava scurendo. Le auto stavano già accendendo i fari, mentre la luce filtrava grigio-azzurra tra le nubi. Nella cucina le lampade a sospensione brillavano, la loro luce si rifletteva sulle finiture cromate, sprofondando quietamente nei piani di lavoro e nel pavimento di legno. La madre di Lillian prese posto su una sedia verniciata di rosso accanto al tavolo, il libro aperto.

«Ricordo l'inizio del tutto», lesse ad alta voce, «come un succedersi di voli e di ricadute, una rapida altalena di emozioni, verso l'alto e verso il basso...»

Lillian, ascoltandola solo in parte, si chinò per prendere un pentolino dal mobiletto. Lo sistemò sul fornello e vi versò del latte, fino a un terzo dell'altezza delle pareti diritte. Quando girò la manopola della cucina a gas, la fiamma salì con un balzo a lambire i lati del tegamino.

«Ci fu un momento in cui mi parve di riconoscere, flebile e lontano, il pianto di un bimbo; e un altro in cui mi ritrovai consapevolmente a trasalire, come per un passo leggero davanti alla mia porta...»

L'acqua nella grossa pentola azzurra bolliva dolcemente, le patate sballottate qua e là in preda a una garbata rassegnazione come passeggeri su un autobus affollato. La cucina si colmò del tepore di acqua evaporata e del profumo di latte scaldato, mentre l'ultima luce entrava rosea dalle finestre. Lillian accese la lampadina sopra la cucina a gas e controllò le patate con la punta del coltello. Cotte. Le tolse dal fuoco e le rovesciò in un colapasta.

«Smettetela di cuocere», bisbigliò, mentre faceva scorrere l'acqua fredda sulla loro superficie bollente. «Smettetela subito.»

Le scosse per eliminare gli ultimi residui di acqua. La buccia si staccò con facilità, come uno scialle che scivoli giù dalle spalle di una donna. Lillian lasciò cadere i pezzi di patata, l'uno dopo l'altro, nella grossa ciotola metallica dove aveva già messo un po' di burro, poi accese il mixer e li osservò trasformarsi da forme a pura consistenza, da montagnette a nubi gibbose, a bambagia. Alcune fettine di burro si sciolsero in lunghe e scintillanti striature di giallo attraverso la voluta di bianco in movimento. Prese il pentolino e versò lentamente il latte sulle patate. Poi il sale. Quanto bastava.

Come per un ripensamento raggiunse il frigorifero e prese un pezzo di parmigiano. Ne grattugiò un po' sul tagliere, poi sollevò con le dita quei soffici frammenti e li lasciò cadere, in una nebbiolina sottile, nella ciotola rotante, dove scomparvero all'interno del composto. Spense il mixer, poi passò un dito sulla sommità del purè e assaggiò.

«Ecco», disse. Si allungò verso l'interno del pensile e prese due piatti fondi, ampi e piuttosto bassi, con il bordo abbastanza largo da ospitare un sinuoso disegno in azzurro e giallo, poi li posò sul piano di lavoro. Immerse il grande cucchiaio di legno nel purè e depositò una montagnola di bianco esattamente al centro di ogni piatto. All'ultimo momento creò un avvallamento in mezzo a ogni montagnola, poi vi inserì accuratamente una porzione extra di burro.

«Mamma, la cena», disse mentre le deponeva davanti il piatto. Sua madre cambiò posizione sulla sedia, girandosi verso il tavolo, il libro che le ruotava davanti al corpo come l'ago di una bussola.

La sua mano si allungò verso la forchetta e si fece abilmente strada intorno alle *Opere complete* fino al centro del purè. Sollevò la forchetta in aria.

«Era la prima volta, in un certo senso, che avevo a disposizione spazio, aria e libertà, tutta la musica dell'estate e il mistero della natura. E poi c'era il prestigio... era una bella sensazione il prestigio.»*

La forchetta concluse il suo viaggio verso la bocca della donna, dove entrò per poi uscirne pulita.

«Mmmmm...» disse la madre di Lillian, dopo di che regnò il silenzio.

«Forse ce l'ho fatta», annunciò Lillian a Elizabeth mentre, dopo la scuola, erano sedute a mangiare pane tostato con burro di arachidi tiepido a casa della sua amica.

«Perché sei riuscita a farla *smettere* di parlare?» Elizabeth aveva un'aria scettica.

* I tre passi letti ad alta voce sono tratti da *Giro di vite* di Henry James (tr. it. di G. Mochi, Marsilio, Venezia 2007). (*n.d.t.*)

«Vedrai», disse lei.

Benché nei giorni seguenti sua madre sembrasse più calma, la differenza principale fu un cambiamento che Lillian non aveva previsto: la donna continuò a leggere, ma adesso lo faceva in silenzio. E anche se Lillian, che aveva smesso da tempo di vedere nella sua lettura ad alta voce un tentativo di comunicare, non si rammaricava di non essere più il recipiente di raccolta di frasi preziose, quello non era certo l'effetto in cui aveva sperato. Era stata sicura che le patate si sarebbero rivelate magiche.

Tornando da scuola, Lillian prese una scorciatoia, una stretta stradina secondaria che, dall'arteria principale, portava al viottolo di campagna di casa sua. A metà dell'isolato c'era una piccola drogheria che lei aveva scoperto a sette anni, durante un pomeriggio estivo, quando aveva lasciato andare la mano materna, frustrata, per imboccare una direzione mai presa prima, chiedendosi se la madre avrebbe notato la sua assenza.

In quel giorno di alcuni anni prima aveva sentito l'odore del negozio prima ancora di vederlo, aromi caldi e polverosi che le avevano solleticato il naso per poi attirarla nella viuzza stretta. La bottega in sé era minuscola, aveva le stesse dimensioni del soggiorno di un appartamento, gli scaffali ingombri di scatolette con scritte in lingue che lei non riconobbe e di vasi di vetro pieni di lunghe candele su cui erano dipinti ritratti di persone con l'aureola e il viso triste. Accanto al registratore di cassa c'era una teca piena di tegami colmi di cibo dai colori vivaci: gialli e rossi e verdi, i loro aromi intensi e fumosi, talvolta pungenti.

La donna dietro il bancone l'aveva vista ferma, intenta a fissarne il contenuto.

«Vuoi assaggiare qualcosa?» aveva chiesto.

Non «Dov'è tua madre», non «Quanti anni hai», ma «Vuoi assaggiare qualcosa». Lillian aveva alzato gli occhi con un sorriso.

La donna aveva infilato una mano nella teca per estrarne una forma oblunga, gialla.

«*Tamale*»,* l'aveva chiamata, prima di passargliela adagiata su un piattino di carta.

L'esterno era risultato morbido e leggermente croccante, l'interno un'autentica festa di carne, cipolle, pomodori e qualcosa che somigliava vagamente alla cannella.

«Tu capisci il cibo», aveva commentato la proprietaria del negozio, annuendo, mentre la guardava mangiare.

Lillian aveva alzato di nuovo gli occhi e si era sentita avviluppata dal sorriso della donna.

«I bambini mi chiamano Abuelita», aveva detto lei. «Mi sembra di sentire arrivare tua madre.»

La piccola, tendendo l'orecchio, aveva captato il suono della voce materna che leggeva mentre percorreva a zigzag il vicoletto. Con lo sguardo aveva perlustrato rapidamente il negozio, ancora una volta, e aveva notato uno strano oggetto di legno appeso a un gancio su uno degli scaffali.

«Che cos'è?» aveva domandato, indicandolo.

«Tu cosa credi che sia?» Abuelita lo aveva preso per passarlo a Lillian, che ne aveva studiato la forma irregolare: un'asticella lunga quindici centimetri, che terminava in un bulbo arrotondato in cui erano intagliate scanalature simili a solchi in un campo.

«Credo che sia una bacchetta magica», aveva risposto la bambina.

«Forse», aveva detto Abuelita. «Magari dovresti tenerla, non si sa mai.»

Lillian aveva preso la bacchetta e se l'era fatta scivolare nella tasca del cappotto come una spia che nasconda una missiva segreta.

«Torna quando vuoi, piccola cuoca», aveva concluso Abuelita.

* Pietanza messicana costituita da mais tenero misto a carne e avvolto in una foglia di mais. (*n.d.t.*)

Nel corso degli anni Lillian era tornata spesso nella drogheria. Abuelita le aveva parlato di spezie e cibi che non si trovavano mai a casa di Elizabeth o di Margaret. C'era l'avocado, raggrinzito e burbero all'esterno, primavera verde all'interno, cremoso come gelato quando veniva schiacciato diventando guacamole. C'erano gli aromi fumosi dei peperoncini *chipotle* e la croccantezza agro-dolciastra del coriandolo, amato da Lillian a tal punto che Abuelita gliene dava sempre un rametto da mangiucchiare mentre tornava a casa. Abuelita non parlava molto ma, quando lo faceva, la sua era autentica conversazione.

Così, quando Lillian entrò nel negozio, una settimana dopo avere preparato il purè di patate per la madre, per un attimo Abuelita la osservò attentamente.

«Ti manca qualcosa», commentò dopo un istante.

«Non ha funzionato», disse lei, disperata. «Pensavo di esserci riuscita, invece non ha funzionato.»

«Raccontami», disse semplicemente Abuelita, e Lillian lo fece, parlando di biscotti e spezie, di Henry James e purè di patate e della sua sensazione che forse, alla fin fine, il cibo non si sarebbe rivelato la magia capace di destare la madre dal suo lungo sonno letterario, e che forse il sonno era l'unica cosa rimasta, per sua madre.

Dopo che la bambina ebbe concluso il resoconto, Abuelita rimase in silenzio per un po'. «Non è che quello che hai fatto sia sbagliato, solo che non hai finito.»

«Cos'altro dovrei fare?»

«Lillian, il cuore di ognuno si spezza a modo suo. Ogni cura è diversa, ma ci sono alcune cose di cui tutti abbiamo bisogno. Innanzi tutto di sentirci al sicuro. Tu sei riuscita a darle questa sensazione.»

«Allora come mai è ancora lontana?»

«Perché per fare parte di questo mondo ci serve ben più del senso di sicurezza. Tua madre ha bisogno di ricordare cosa ha perso e desiderarlo di nuovo.

«Ho un'idea», aggiunse poi. «Potrebbe volerci qualche minuto.»

Le passò una *tortilla* di mais tiepida e le indicò di andare a sedersi al tavolino rotondo piazzato accanto alla porta d'ingresso. Sotto gli occhi incuriositi di Lillian, strappò il lembo posteriore da un sacchettino di carta marrone e vi scrisse sopra qualcosa, la fronte aggrottata per la concentrazione.

«Non sono una scrittrice», commentò alla fine. «Non ho mai pensato che valesse granché. Ma ti farai un'idea.»

Posò il pezzo di carta, prese un altro piccolo sacchetto per la spesa e cominciò a infilarvi vari articoli tolti dagli scaffali del negozietto, dando la schiena alla ragazzina. Poi piegò il pezzo di carta, lo sistemò sopra il contenuto del sacchetto e tese il tutto a Lillian.

«Ecco», disse, «fammi sapere come va.»

A casa Lillian aprì il sacchetto e inalò aromi di arancia, cannella, cioccolato semidolce e qualcosa che non riuscì a identificare, intenso e misterioso, come profumo rimasto nelle pieghe di una sciarpa di cashmere. Svuotò il sacchetto sul piano di lavoro della cucina e dispiegò il pezzo di carta posato da Abuelita sopra gli ingredienti, esaminandolo con una certa ritrosia. Era una ricetta, benché scritta con la calligrafia di Abuelita, ogni lettera spessa come un rametto e quasi altrettanto rigida. La sua mano aveva una gran voglia di buttare via la ricetta, ma lei esitò, mentre i suoi occhi coglievano la prima riga delle istruzioni.

Prendi la tua bacchetta magica. Lillian si interruppe.

«Be', okay, allora», disse. Accostò una sedia al piano di lavoro e vi salì in piedi, allungando una mano verso la sommità del pensile per prendere la scatoletta di latta rossa in cui conservava le sue cose più preziose.

La bacchetta era vicina al fondo della scatola, sotto il suo primo biglietto del cinema e la riproduzione in miniatura di un ponte veneziano che il padre le aveva regalato non molto tempo prima di andarsene, lasciandosi dietro soltanto soldi e il proprio odore sulle lenzuola, un odore scomparso molto tempo prima che lei imparasse a fare il bucato. Sotto la bacchetta c'era una vecchia fotografia della madre con in braccio Lillian neonata, gli occhi della donna che fissavano direttamente l'obiettivo, il suo sorriso più grande, ricco e splendido di qualsiasi torta al cioccolato Lillian potesse immaginare di preparare.

Fissò la fotografia a lungo, poi scese dalla sedia, la bacchetta stretta nella mano destra, e prese la ricetta.

Versa il latte in un pentolino. Usa vero latte intero, bello denso.

Abuelita si lamentava continuamente delle compagne di scuola di Lillian che non volevano mangiare i suoi *tamale* oppure chiedevano *enchiladas** senza panna acida e poi toglievano meticolosamente il formaggio dall'esterno.

«Ragazze tutte pelle e ossa», diceva sdegnata, «pensano che si attirino i calabroni con un bastoncino.»

Fai dei riccioletti di scorza d'arancia. Mettili da parte.

Lillian sorrise. Provava per il suo rigalimoni quello che alcune donne provano per un paio di scarpe rosse dal tacco alto: una spesa folle davvero frivola, adatta solo alle feste ma, oh, così graziosa. Un anno prima, il giorno in cui aveva trovato il piccolo utensile in un mercatino delle pulci, lo aveva portato ad Abuelita, raggiante. All'epoca non sapeva nemmeno a cosa servisse, sapeva soltanto di adorarne la sottile impugnatura di acciaio, il curioso pezzetto di metallo all'estremità con i suoi cinque piccoli fori, il bordo smerlato simile al volant di una sottoveste. C'erano così poche occasioni per un rigalimoni; usarlo somigliava a una vacanza.

Prese l'arancia e la tenne accostata al naso, inspirando. Odorava di sole e mani appiccicose, lucide foglie verdi e cieli azzurri, sereni. Un frutteto, in un luogo imprecisato – California? Florida? – i suoi genitori che si guardavano al di sopra della sua testa, la madre che le porgeva un frutto giallo-arancio, troppo grosso perché le due manine di Lillian

* Fagottini di mais ripieni di carne, formaggio e salsa. (*n.d.t.*)

potessero contenerlo, ridendo nel dirle: «È da qui che vengono le drogherie».

Afferrò il rigalimoni e lo passò sulla superficie arrotondata del frutto suddividendo la scorza in cinque lunghe spirali arancione, attenta a evitare il bianco amarognolo sottostante.

Spezza in due la cannella.

Il bastoncino di cannella era leggero, arrotolato come un friabile rotolino di carta di papiro. Non un bastoncino, ricordò lei mentre lo osservava più da vicino, bensì corteccia, il punto d'incontro tra il dentro e il fuori. Crepitò quando lei lo ruppe, rilasciando un aroma, in parte caldo e in parte dolce, che le fece pizzicare occhi e naso e formicolare la lingua anche se non l'aveva nemmeno assaggiato.

Aggiungi la scorza di arancia e la cannella al latte. Grattugia il cioccolato.

Il panetto duro e rotondo di cioccolato, avvolto in cellofan giallo a strisce rosse, era lucido e scuro quando lei lo scartò. Produsse un suono aspro mentre sfregava contro la sezione più fine della grattugia e cadeva in morbide nubi sul piano di lavoro, emanando un aroma di polverose stanze buie piene di cioccolato semidolce e vecchie lettere d'amore, cassetti in fondo ad antichi scrittoi e le ultime foglie d'autunno, mandorle, cannella e zucchero.

Finì tutto dentro il latte.

Aggiungi l'anice.

Una quantità così esigua di spezia macinata, nel sacchetto datole da Abuelita. Giaceva là quietamente, normalissima, con il colore della sabbia bagnata. Lillian sciolse il legaccio che serrava la sommità del sacchetto, e volute danzanti di oro tiepido e liquirizia le salirono fino al naso, portando con sé chilometri di deserti lontani e un buio cielo senza stelle, una brama che lei avvertì dietro gli occhi, sui polpastrelli. Capì, riappoggiando il sacchetto sul piano di lavoro, che la spezia era più adulta di lei.

«Davvero, Abuelita?» chiese nell'aria.

Solo un pizzico. Lascia sobbollire finché tutto si aggrega. Quando succede te ne accorgerai.

Lillian abbassò il fuoco al minimo. Raggiunse il frigorifero, prese la panna da montare e regolò il mixer sulla massima velocità, controllando periodicamente il pentolino. Dopo un po' vide le briciole di cioccolato scomparire nel latte, sciogliersi, diventare più dense, più cremose, un'unica cosa invece di tante.

Usa la bacchetta.

Prese la bacchetta facendone roteare l'impugnatura, meditabonda, tra i palmi delle mani. Tenendo con decisione la sottile asticella centrale immerse nel pentolino l'estremità scanalata. Con la bacchetta che continuava a rotearle tra i palmi, avanti e indietro, fece sì che le scanalature vorticassero nel liquido, creando onde di latte e cioccolato, riempiendo di bolle l'intera superficie.

«Abracadabra», disse. «Ti prego.»

Ora aggiungi il tutto al caffè di tua madre.

Una delle competenze di vita cui la madre di Lillian non aveva rinunciato in favore dei libri era la preparazione del caffè; sul piano di lavoro campeggiava sempre un bricco tiepido, affidabile come un cappotto. Lillian riempì per metà la tazza materna, poi aggiunse il latte misto a cioccolato, tenendo da parte le scorze di arancia e la cannella in modo che il liquido risultasse omogeneo sulla lingua.

Guarnisci con panna montata, per la morbidezza. Dallo a tua madre.

«Che cos'è questo profumo incredibile?» chiese la donna quando Lillian portò la tazza in soggiorno.

«Magia», rispose lei.

Sua madre allungò una mano verso la tazza e se la portò alle labbra, soffiando delicatamente sulla superficie, mentre spire di vapore le salivano al naso. Cominciò a sorseggiare esitante, quasi sconcertata, gli occhi che si staccavano dal libro per fissare qualcosa in lontananza, il viso che si imporporava leggermente. Quando ebbe finito, restituì la tazza a Lillian.

«Dove hai imparato a prepararlo?» chiese, appoggiandosi allo schienale e chiudendo gli occhi.

«È magnifico», disse Abuelita quando, il giorno dopo, Lillian le raccontò la storia. «Sei riuscita a farle rammentare la sua vita. Ora ha soltanto bisogno di riprendersela. Devi trovare *quella* ricetta», aggiunse in risposta all'espressione interrogativa della bambina. «Ci riuscirai. Sei una cuoca. È un dono di tua madre.»

Lillian inarcò un sopracciglio con aria scettica. Abuelita la osservò, dolcemente divertita.

«A volte, *niña*, i nostri doni più grandi nascono da ciò che non ci viene dato.»

Due giorni dopo, Lillian andò direttamente a casa, dopo le lezioni. Durante la notte il tempo era cambiato e l'aria, quando lei uscì dalla scuola, aveva una sfumatura tersa, friabile. Camminò rapida, per adeguarsi alla nuova atmosfera. Viveva ai margini della città, laddove una casa poteva ancora trovarsi accanto a un piccolo frutteto e dove gli orti fungevano da memento di più ampie fattorie scomparse non poi da tanto. C'era un frutteto che le piaceva in modo particolare, un boschetto di meli contorti e dai rami penduli, che crescevano protesi l'uno verso l'altro come vecchi cugini. Il proprietario era vecchio come gli alberi e non riusciva più a prendersene cura. L'erba cresceva folta intorno alle loro basi e l'edera stava iniziando ad abbarbicarsi sempre più in alto sui tronchi. Ma le mele parevano non avere notato la fragilità della loro fonte, ed erano sode, croccanti e dolci; lei le aspettava ogni anno, e aspettava il sorriso con cui il vecchio gliele passava al di sopra dello steccato.

L'uomo si trovava tra gli alberi quando Lillian passò e lo chiamò. Lui si voltò a guardare nella sua direzione con gli occhi socchiusi. Salutò con un gesto, poi si girò e allungò la mano tra i rami di un melo, controllando prima una mela e poi un'altra. Finalmente soddisfatto, si avvicinò a Lillian, un frutto in ogni palmo.

«Tieni», disse mentre glieli porgeva. «Un assaggio della nuova stagione.»

Il cielo si stava già scurendo quando Lillian arrivò a casa, e l'aria fredda entrò dalla porta insieme a lei. La madre sedeva sulla sua solita poltrona in soggiorno, un libro tenuto sospeso sotto l'alone di luce creato dalla lampada da tavolo.

«Ho una cosa per te, mamma», disse Lillian, e le depose sulla mano una delle mele.

La donna la prese e si premette distrattamente sulla guancia la sua superficie liscia, fredda.

«Fa pensare all'autunno», commentò, e le diede un morso. Lo scrocchio brusco e dolce colmò l'aria come un improvviso scroscio di applausi e Lillian rise del rumore. Sua madre alzò lo sguardo, sorridendo al suono, e i suoi occhi incontrarono quelli della figlia.

«Ehi, Lillian», disse, la voce increspata di stupore, «guarda come sei cresciuta.»

Claire

“Certe uscite vanno preparate in anticipo”, pensò Claire. Era ferma sulla soglia insieme al marito e ai figli, la bimba di tre anni che le ghermiva la gamba come una piovra con le ossa, il lattante che strillava di rabbia mentre tentava di oltrepassare la spalla di James per arrivare alla madre.

«Cosa faccio se non vuole il biberon?» James riuscì a eludere due manine minuscole che tentavano di afferrargli il naso.

«Dagli il coniglietto.» Coniglietto, coniglietto magico, dalle orecchie a punta che entravano di misura nella bocca di un neonato, dalla pelliccia morbida come petali di fiori.

«Coniglietto? Pensavo che si usasse la sua copertina.»

«Quello succedeva settimane fa.» Claire si piegò e cominciò a staccare a una a una le dita della figlia. «Adesso tocca al coniglietto.»

«Dove vai, mammina?» chiese sua figlia, accentuando la presa. «Fuori fa buio.»

«Mammina esce solo per un po'», le rispose Claire in tono consolatorio.

«Non andare», disse la piccola, cominciando a piangere. Il neonato, furibondo per l'interruzione, alzò il volume dei suoi strilli.

«Lucy, mammina va a imparare a cucinare», intervenne James, sovrastando il rumore. «Sarà divertente, vero?»

«Non bisogna... cucinare... il... burro di noccioline.»

«Oh, ma mammina imparerà a cucinare fettuccine e pane e *gnam-gnam*, forse persino il pesce», aggiunse entusiasticamente lui.

Claire si irrigidì. Solo di recente erano riusciti ad alleviare la paura del buio di Lucy, e questo grazie all'acquisto di un'amichevole banda di tetre che adesso nuotavano nel bagliore di un acquario accanto al suo lettino.

«MAMMINA CUCINERÀ I PESCI?»

«No, no, certo che no», la tranquillizzò Claire, rifugiandosi nella propria ignoranza perché, si rese conto, davvero non lo sapeva. Il corso di cucina non era nemmeno una sua idea bensì un regalo della madre, e lei non riusciva ancora a stabilire se lo trovava offensivo o intrigante.

Quando Lucy alzò gli occhi, non sapendo se credere o meno alla madre, Claire approfittò della distrazione della bimba per liberarsi e catapultarsi verso la macchina. Sventolando la mano con ostentata allegria, guidò fino alla fine dell'isolato e poi accostò al marciapiede, tremando.

«Puoi farcela», si disse. «Sei laureata. Sei sicuramente in grado di uscire di casa per andare a un corso di cucina.» Sentì uno strano odore e abbassò lo sguardo sulla camicetta. Il neonato le aveva rigurgitato sul colletto. Dal sedile accanto prese un fazzoletto di carta ripiegato, ci sputò sopra e lo sfregò ripetutamente sul residuo.

Il corso di cucina si teneva in un ristorante chiamato Lillian's, sulla strada principale della cittadina, seminascosto da un giardino fitto di antichi ciliegi, di rose, di appuntiti ramoscelli ondeggianti e morbidi cumuli di erbe aromatiche. Situato tra gli edifici squadrati di una banca e del cinema locale, il ristorantino appariva stranamente fuori posto, un bagliore di colori sfarzosi e curve delicate, come una relazione amorosa nel bel mezzo di una vita altrimenti regolare. I passanti allungavano spesso una mano per passarla sulla sommità dei cespugli di lavanda che si protendevano lussureggianti oltre la cancellata di ferro battuto, l'aroma polveroso che rimaneva per ore sulle loro dita.

Quanti varcavano il cancello e seguivano il sinuoso sentierino di mattoni attraverso il giardino scoprivano una casa in stile Arts and Crafts le cui stanze erano state trasformate in sala da pranzo. Non c'erano più di dieci tavoli in tutto, la personalità di ognuno definita da vicini elementi architettonici, uno accoccolato nel bovindo, un altro impegnato in una cordiale conversazione con una libreria incassata. Da alcuni tavoli si scorgeva il giardino mentre altri, nascosti come segreti negli angoli più bui e riparati della sala, trattenevano l'attenzione dei rispettivi avventori entro i confini della loro superficie.

All'esterno, massicce sedie di legno bordavano la veranda, pronte ad accogliere i clienti in attesa. Erano sempre occupate, non solo a causa del cibo ma anche perché il personale del ristorante sembrava andare quasi perversamente fiero del fatto di non mettere mai fretta a nessuno. Prima arrivavi e prima venivi servito. E servito e servito ancora, borbottavano alcuni avventori mentre osservavano la lunghezza della lista d'attesa; ma restavano sempre, accomodandosi sulle basse sedie Adirondack con un bicchiere di vino rosso, finché l'attesa non diventava un evento mondano di per sé e le coppie di clienti si fondevano in quartetti e sestetti, il che, naturalmente, non serviva certo ad accelerare le cose.

Era così che funzionava, da Lillian's: niente andava mai esattamente secondo i tuoi piani. Il menu cambiava senza preavviso, sconcertando coloro che bramavano la prevedibilità ma che, in seguito, ammettevano che il pasto gustato alla fine era, in un certo senso, proprio quello che avevano desiderato. E mentre l'illuminazione soffusa del ristorante gli conferiva un'atmosfera tranquilla e la sua interminabile lista dei vini sembrava destinata a occasioni speciali, le serate, per quanto meticolosamente orchestrate, deviavano spesso in direzioni sorprendenti: una proposta di matrimonio sterzava in una rottura che lasciava attoniti e colmi di sollievo entrambi gli interessati, un incontro d'affari bruciava senza fiamma fino a trasformarsi in una sessione di baci appassionati accanto ai bidoni per rifiuti riciclabili sul retro.

Claire era stata al ristorante due volte: la prima, quasi otto anni prima, con un uomo sazio di successo, che vedeva nei lucidi capelli color oro e nel viso a forma di cuore di lei una novità da sperimentare. Nel corso delle settimane le comparse dell'uomo davanti allo sportello bancario di Claire erano diventate così numerose che Nancy, impegnata a distribuire travellers' cheque dalla postazione accanto, aveva commentato che gli conveniva invitare fuori la collega, prima di essere nominato impiegato onorario. Claire, che cominciava a pensare che il suo rapporto più appassionato fosse quello con il gestore del suo cellulare, aveva fatto la prima mossa, posando la mano sulle banconote mentre le spingeva sotto il tramezzo che la separava dal corteggiatore.

L'uomo, bisognava ammetterlo, si era rivelato un accompagnatore affascinante, colto e ben informato; a cena aveva ordinato il vino con l'aria rilassata di chi invita al tavolo un vecchio amico. Eppure era accaduta una cosa strana. Il suo pesce era cotto a puntino, Claire lo sapeva perché lui gliene aveva offerto un boccone, chinandosi sopra il tavolo come se raggiungere la bocca di lei rappresentasse la sfida finale nella grande ricerca della sua vita, eppure in seguito un odore pungente gli era rimasto addosso, rammentandole notti liceali trascorse sotto i moli della spiaggia insieme a ragazzi che non sapeva né desiderava più ricordare. Quando l'uomo si era girato per baciarla mentre scendevano lungo la strada, dopo cena, lei aveva notato un nuovo modello di auto e si era voltata rapidamente per indicarglielo.

La sua seconda visita al ristorante di Lillian era avvenuta due anni dopo, con James. Claire aveva esitato, rammentando la débâcle dell'appuntamento-con-pesce, ma ormai era talmente infatuata di James da non badarci. L'anello che lui le aveva dato prima ancora che arrivasse il vino o il cibo le era scivolato sul dito come se le mani del giovane le stessero correndo sulla pelle. Avevano brindato con acqua e bevuto lo champagne solo più tardi, a letto.

Quella sera il ristorante era buio. Claire si chiese se avesse sbagliato giorno, dopo tutto. Forse aveva perso la lezione e quindi poteva tornarsene a casa. James aveva sicuramente bisogno di aiuto con il neonato. Lei sapeva per esperienza che il piccolo era capace di piangere per ore e ore, rifiutando i biberon di latte materno con l'aria incredula di un membro del Gold Club che si senta dire che dovrà viaggiare in classe turistica. Nel bel mezzo di tutto quel chiasso la loro figlioletta rischiava di essere dimenticata, e Claire rammentò all'improvviso il recente interesse di Lucy per i tagli di capelli.

Alle sue spalle, dall'altra parte del cancello, sentì alcune persone parlottare mentre si dirigevano verso il cinema. Girò la testa, guardandole passare. Quando guardò di nuovo davanti a sé scorse un bagliore che proveniva dal retro del ristorante, illuminando un sentierino di pietra che girava intorno all'edificio.

Dietro di lei il cancello cigolò, e una coppia anziana la raggiunse.

«Sta entrando anche lei?» chiese la donna, sorridendo.

«Sì», rispose Claire, e cominciò a camminare con cautela sulle pietre per raggiungere la porta posteriore.

La cucina fu un'esplosione di luce, dopo il buio del giardino. Piani di lavoro in acciaio incorniciavano la stanza, massicce casseruole in ferro erano appese ai ganci accanto a wok in rame, mentre vari coltelli erano fissati a strisce magnetiche lungo le pareti come spade in un'armeria. Si stava formando una coda davanti a un cavernoso lavello metallico in cui altri allievi si stavano lavando le mani: una ragazza con gli occhi striati di eye-liner nero, un giovanotto con gli occhiali e i capelli rossicci.

Quando giunse il suo turno, Claire si lavò le mani coscienziosamente, il sapone che le scivolava e schiumava tra le dita. Si chiese se dovesse lavarsi fino ai gomiti, come un chirurgo, ma la fila dietro di lei si stava allungando. Si asciugò con un foglio di carta da cucina e raggiunse la pattumiera, accanto alla quale l'uomo più anziano che aveva incontrato fuori la salutò con un cenno del capo.

«Posso?» chiese sorridendo, la mano che si allungava verso la spalla di lei. Claire lo guardò con aria interrogativa.

«Solo un brandello di fazzoletto di carta», spiegò lui, pulendole abilmente il colletto della camicetta. «Sono costretto a farlo di continuo per mia moglie: abbiamo quattro nipoti.» Lasciò cadere il foglio di carta da cucina nella pattumiera e tese la mano. «Mi chiamo Carl.»

Gli allievi si stavano dirigendo alle sedie, disposte in due file di quattro e rivolte verso un grosso tavolo di preparazione in legno sopra il quale era appeso uno specchio. Carl e la moglie stavano prendendo posto in fondo alla seconda fila; Claire fece per raggiungerli ma vide una donna bellissima, con la pelle olivastra e occhi del colore del cioccolato fuso, occupare con palese esitazione la seggiola accanto a loro. Su quella di fianco a lei, seminascosto nell'angolo della stanza, sedeva un uomo la cui tristezza sembrava essergli stata stirata nella camicia.

Claire occupò un posto in prima fila, accanto a una donna anziana dall'aria fragile, con capelli argentei e luminosi occhi azzurri, le cui dita giocherellavano distrattamente con una penna viola. Dal suo posto scrutò gli altri studenti, cercando di individuare personalità e relazioni. Carl e la moglie erano insieme ma, da quello che le sembrava di indovinare, le altre seggiole erano occupate da persone non accompagnate dal partner, o in alcuni casi, più probabilmente, single.

Guardandosi intorno si rese conto che non sapeva nulla degli altri, e che loro sapevano giusto altrettanto di lei. Rimase affascinata dalla stranezza della cosa. Le riusciva difficile rammentare quando era stata l'ultima volta in cui era andata da qualche parte senza i figli o il marito. Persino in quelle poche occasioni si era trovata in compagnia di gente che la conosceva come membro di una famiglia, un ruolo che era parte integrante della sua identità tanto quanto il colore dei suoi capelli o la forma delle mani. Da quanto non andava in un posto dove nessuno la conosceva?

Si chiese cosa stesse facendo la sua famiglia a casa, se il piccolo avesse bevuto il biberon, se James stesse massaggiando la schiena di Lucy mentre la bimba si addormentava. Si sarebbe ricordato di muovere la mano in senso orario? Sapeva che il neonato allontanava sempre la coperta con un calcio e quindi lui doveva tornare là per coprirlo di nuovo?

"Che strano", pensò. Quelle persone la guardavano e la credevano sola, lei, i cui bambini le facevano compagnia persino nei sogni.

«Mi chiamo Lillian. Benvenuti alla scuola degli ingredienti segreti.» La donna era in piedi dietro il piano di lavoro in legno, di fronte agli allievi seduti. I suoi occhi erano tranquilli, i lisci capelli scuri legati mollemente alla base del collo; Claire immaginò che avesse circa trentacinque anni, soltanto qualcuno più di lei. Osservò le mani della donna muoversi delicatamente sopra gli utensili e le pentole sul piano di lavoro, mentre lei parlava, come una madre che stia giocherellando con i riccioli del figlio.

«La prima domanda che mi fanno sempre è: quali sono gli ingredienti segreti?» Lillian si interruppe e sorrise. «Tanto vale che ve lo dica, non esiste un elenco preciso e io non ne ho mai posseduto uno. Né distribuisco ricette. Tutto quello che posso dire è che imparerete ciò che avrete bisogno di imparare, e dovreste sentirvi liberi di scrivere qualsiasi cosa vi venga in mente durante la lezione.

«Ci riuniremo una volta al mese, sempre di lunedì, quando il ristorante è chiuso. Sarete i benvenuti quando verrete nel locale in sere diverse per imparare mangiando ciò che altri hanno cucinato, ma il primo lunedì del mese la cucina è vostra. Tutti pronti?» La classe annuì, obbediente.

«Bene, in tal caso credo che comincerò dall'inizio.» Lillian si voltò e raggiunse la porta sul retro. Uscì, facendo entrare una folata d'aria, e tornò reggendo tra le braccia un grosso recipiente termico di polistirolo. Claire ne udì il contenuto tintinnare fiocamente. Fissò lo scatolone, poi si guardò intorno. In fondo alla stanza, Carl sorrise e sussurrò qualcosa alla moglie, che annuì.

«Granchi», annunciò Lillian.

La donna anziana con gli occhi azzurri si piegò verso Claire. «Be', questo sì che è iniziare con un botto», commentò seccamente.

Lillian sollevò il coperchio ed estrasse uno dei crostacei. Il guscio era color sangue secco, con minuscoli occhietti tondi e neri appollaiati sul bordo. Le antenne vibrarono, allungandosi in cerca di informazioni, e le chele anteriori oscillarono, ridicolmente sproporzionate rispetto al corpo e alla situazione, mentre il granchio cercava aria in un oceano di ossigeno.

«Li uccideremo?» chiese la ragazza con l'eye-liner nero.

«Sì, Chloe. È la prima lezione, quella essenziale.» L'espressione di Lillian era placida, calma. «Se ci pensate», aggiunse, «ogni volta che prepariamo del cibo interrompiamo un ciclo vitale. Strappiamo una carota dal terreno o uccidiamo un granchio, o magari blocchiamo semplicemente la muffa che sta crescendo su una fetta di formaggio. Prepariamo pasti con quegli ingredienti e, così facendo, diamo vita a qualcos'altro. È un'equazione basilare, e se fingiamo che non esista rischiamo di lasciarci sfuggire l'altra lezione importante, che è quella di rispettare entrambi i lati dell'equazione. Perciò cominciamo da qui.

«Qualcuno di voi è mai stato a pesca di granchi?» chiese al gruppo. Dalla seconda fila, Carl alzò la mano.

«Allora lei lo sa.» Lillian annuì guardandolo. «Esistono regole precise. Qui nel Nordest, il granchio deve misurare almeno quindici centimetri di larghezza, sul dorso della corazza, e teniamo soltanto i maschi; è possibile distinguerli perché hanno sull'addome un triangolo stretto, mentre quello delle femmine è più ampio.»

«Perché soltanto i maschi?» chiese il giovanotto dai capelli rossicci.

«Le femmine sono le riproduttrici», rispose Lillian. «Bisogna sempre prendersi cura di chi è responsabile della riproduzione.» Il suo sorriso guizzò solo per un momento su Claire, che si controllò furtivamente il colletto, scoprendolo pulito.

«Ora, quando sto decidendo quali ingredienti riunire, mi piace pensare all'elemento centrale della pietanza. Quali sapori vorrebbe? Quindi desidero che pensiate ai granchi. Chiudete gli occhi. Cosa vi viene in mente?»

Claire abbassò le palpebre, obbediente, sentendo le ciglia sfiorarle la pelle. Pensò ai peletti sottili sui lati del corpo di un granchio, al modo in cui si muovono nell'acqua. Pensò ai bordi acuminati delle zampe che solcano l'ondulato letto di sabbia del mare, all'acqua talmente pervasiva da essere aria oltre che liquido.

«Sale», disse ad alta voce, sorprendendo sé stessa.

«Bene, continuate», sollecitò Lillian. «Cosa potremmo fare per contrastare o esaltare il gusto?»

«Aglio», aggiunse Carl, «magari del peperoncino.»

«E burro», disse Chloe, «un sacco di burro.»

Si udì un brusio di apprezzamento generale.

«Okay, allora», disse Lillian, «vi divido in gruppi per poi costringervi a imparare con le vostre mani.»

Il gruppo di Claire era fermo accanto a uno dei grandi lavandini metallici. Quattro granchi zampettavano qua e là, le antenne che tremolavano quando incontravano la superficie dura.

L'uomo dai capelli rossicci venne a mettersi accanto a Claire, di fianco al lavandino. Lei alzò gli occhi e vide che lui la stava guardando, e sorrideva. Si fermò, stupita, riconoscendo un'espressione di disinvolta valutazione maschile improvvisamente palese perché da lungo tempo assente. "Quand'è che è successo l'ultima volta?" si chiese.

Era talmente strano trovarsi lì, pensò. Soltanto un'ora prima era in compagnia dei figli, il profumo del loro shampoo, della loro pelle, che si mescolava al suo fino a diventare il suo odore. Era seduta nella grande poltrona rossa in soggiorno, allattando il maschietto e leggendo una storia alla femminuccia, che le si era arrampicata accanto e giocava con i bottoni sulla sua manica.

Non era mai stata toccata così tanto in vita sua, non aveva

mai sentito così tanta pelle contro la propria. Eppure, da quando era diventata madre sembrava quasi che il suo corpo fosse diventato invisibile per chiunque tranne che per i suoi figli. Quando era stata l'ultima volta in cui uno sconosciuto l'aveva guardata come se fosse… cosa? Una possibilità.

Ricordava cosa significasse essere incinta, racchiudere il fremente segreto del nascituro. La sua sensualità la ammantava, dolce e greve come aria tropicale. I fianchi, sempre più ampi per fare posto al bimbo che cresceva, oscillavano quando lei camminava e la sua pelle percepiva ogni grana, ogni tocco, finché lei non bramava il ritorno a casa di James, ogni sera.

Ma mentre la pelle sulla pancia si tendeva e si espandeva, Claire aveva sviluppato una nuova identità. «Posso?» chiedevano dei perfetti estranei, allungando la mano verso di lei, come se la sua pancia fosse un amuleto capace di mutare la loro sorte, la loro vita. Eppure… "Stai chiedendo se puoi toccare *me*", avrebbe voluto rispondere. Ma capiva che non era affatto questo, ciò che stavano dicendo.

In seguito, dopo la nascita dei bambini, era stato come se nessuno riuscisse a vedere al di là dei capelli soffici, delle guance paffute dei piccini che portava con sé. Claire era diventata la cornice per il quadro rappresentato da suo figlio e sua figlia. Il che le andava benissimo, pensò; i bambini erano splendidi e lei fin troppo pronta a dimenticare il proprio corpo, che si era gonfiato come un pallone per poi raggrinzirsi, e per il quale non aveva comunque tempo di fare alcunché. Quando gli uomini le sorridevano lo facevano con un sorriso sicuro, benevolo, non colmo di speranza né di interesse.

«Sei fuori dalla circolazione, tesoro», le aveva spiegato la sorella maggiore, «ti conviene abituartici.»

James era l'unico a vederla ancora nella luce di un tempo; voleva la vita amorosa che avevano prima dei bambini, non capiva come mai, alla fine della giornata, la moglie non lo desiderasse. Quando allungava la mano verso Claire, dopo che aveva finito di allattare il piccolo fino a farlo addormentare e stava finalmente per scrollarsi di dosso la giornata con una doccia, l'unica cosa che lei riuscisse a pensare era: "No, basta, ti prego". Non poteva confessarglielo, sembrava troppo orrendo, ma lui pareva intuirlo comunque, e dopo un po' aveva smesso di tentare.

Adesso, in piedi là accanto al tagliere, Claire si rese conto di essere oggetto dell'attenzione di un uomo che non conosceva, per la prima volta da anni. "Non è stato un grande successo", pensò ironicamente quando si accorse che lo sguardo del giovane dai capelli rossicci si era spostato dietro di lei per fermarsi, con l'aria tipica di un'infatuazione attonita, sulla donna con la pelle olivastra e gli occhi castani; eppure era di per sé eccitante risultare visibile, essere accomunata alle altre riproduttrici. Aveva creduto di essersi ormai lasciata alle spalle tutto questo, creduto che le esigenze dei piccoli corpi dei figli riuscissero a soddisfare tutte le sue.

«Come sta andando, qui?» Lillian andò a mettersi accanto a Carl, vicino al lavandino.

«Siamo pronti per l'acqua bollente», rispose l'uomo dai capelli rossicci.

«So che parecchie persone usano l'acqua bollente, ma io faccio in modo diverso», spiegò lei. «È un po' più arduo per voi ma è meglio per il granchio, e la polpa ha un gusto più raffinato se la si pulisce prima di cuocerla.» Infilò una mano nel lavandino e sollevò fluidamente uno dei crostacei tenendolo da dietro, le chele anteriori che si agitavano come un ubriaco visto al rallentatore. Lo posò a pancia in giù sul tagliere.

«Nel caso intendiate usare questo metodo, è preferibile sia per voi sia per il granchio se agite con decisione.» Posò le dita sottili sul crostaceo per un placido istante, poi ancorò i polpastrelli sotto l'estremità posteriore del guscio e diede un rapido colpo secco, come un carpentiere che stacchi una scandola dal tetto. La corazza le restò in mano e il granchio rimase sul tagliere, nudo, l'interno adesso esposto un misto di grigio e giallo scuro.

«Ora», proseguì Lillian, «prendete un coltello affilato.» Sollevò una piccola mannaia da macellaio. «E fate così.» La lama calò con un tonfo e il corpo del granchio apparve diviso in due pezzi simmetrici, le zampe che si agitavano debolmente. Claire lo fissò.

«È tutto finito.» Lillian prese con cautela il granchio e raggiunse il lavello. «Ora è morto.»

«Forse dovremmo dirlo alle sue zampe», commentò Carl, sorridendo comprensivo davanti all'espressione di Claire.

Lillian fece scorrere delicatamente l'acqua sul corpo del crostaceo, le sue dita che si davano da fare tra il giallo e il grigio.

«Cosa...» chiese Claire, indicando gli oggetti grigi e falciformi che stavano cadendo nel lavandino.

«Polmoni», rispose l'altra. «Sono bellissimi, in un certo senso. Al tatto somigliano vagamente a petali di magnolia.

«Se volete che la salsa penetri a fondo nella polpa dovrete spezzare i gusci delle zampe», aggiunse. «Funzionerà meglio, se fate così.» Riportò il granchio sul piano di lavoro e riprese la mannaia; separò le zampe con rapidi tagli decisi, lasciando il granchio diviso in dieci pezzi, poi usò il dorso della mannaia per incrinare il guscio di ogni zampa con un deciso movimento oscillatorio.

«Lo so», disse, «è dura da mandare giù. Ma quello che stiamo facendo ha il pregio di essere onesto: non state semplicemente aprendo una scatoletta fingendo che la polpa di granchio arrivi dal nulla. E, quando si è onesti in ciò che si fa, premura e rispetto seguono più agevolmente. Ora lascio provare a voi.»

L'uomo dai capelli rossicci guardò Claire. «Mi chiamo Ian», disse. «Se tu preferisci pulire, a questa parte posso pensare io. Nel caso ti metta a disagio, intendo.»

Claire guardò alle spalle di Ian e vide che la moglie di Carl aveva preso un granchio e lo stava posando sul tagliere. Le due donne si fissarono. La moglie di Carl annuì, poi abbassò risolutamente una mano, la infilò sotto il guscio e lo staccò dal corpo. Fissò Claire.

«Puoi farcela», disse.

Claire si rivolse a Ian. «No, grazie», gli rispose, «voglio provarci io.» Raggiunse il lavello e prese un granchio. Lo scoprì più leggero del previsto, il lato interno del guscio stranamente morbido e fragile. Inspirò e posò il crostaceo sul tagliere, girato dall'altra parte rispetto a lei. Chiudendo gli occhi fece scivolare le dita sotto un lato della corazza. I bordi erano bitorzoluti, freschi contro la sua pelle. Afferrò il guscio e tirò. Non successe niente. Strinse i denti al pensiero di quanto stava facendo e diede un altro strattone. Con lo stesso suono di uno strappo, il guscio si staccò e le rimase in mano.

«Dammi la mannaia», chiese a Ian. Con un colpo secco e poderoso tranciò a metà il granchio. Tornò al lavello, le mani che tremavano.

I petali coriacei dei polmoni del granchio si staccarono tra le dita di Claire per poi scorrere via insieme all'acqua fredda. Mentre restava in piedi accanto al lavandino si accorse di tremare, eppure, e questo contraddiceva qualsiasi cosa Claire pensasse di sé, avvertiva anche una profonda eccitazione. Era come saltare da un trampolino alto quando eri convinta di non farcela, colpire l'acqua fredda sentendola avvolgere la tua pelle calda. Claire la cassiera di banca, Claire la madre, non avrebbe mai ucciso un granchio. Ma in fondo, pensò, ultimamente lei era un sacco di cose che non riconosceva.

Si chiedeva quando, di preciso, era diventata rigida e fredda come un baccalà nel suo stesso letto. Non lo sapeva. No, non era vero: lo sapeva. Era successo la prima volta in cui aveva stretto a sé la figlia e i loro corpi avevano aderito l'uno all'altro. La quarantacinquesima volta che aveva letto a voce alta la stessa favola della buonanotte; la mattina in cui James le aveva toccato la mammella e aveva detto scherzosamente al figlioletto che succhiava: «Ricorda, queste sono mie», e lei si era chiesta quando quei seni, di cui aveva amato tenere in mano il peso sodo e sontuoso, avessero cessato di appartenerle.

Come poteva spiegare a James tutto questo, a James che usciva di casa ogni mattina e troncava il legame fisico con i figli con l'apparente disinvoltura di chi si stia sfilando un paio di scarpe? Lui era ancora una persona a sé stante, condizione che Claire osservava con rabbia o gelosia, a seconda dei giorni, e lei no.

Quando la notte erano a letto insieme e sentiva il marito girarsi dall'altra parte con rassegnazione, un movimento pesante come il capovolgersi di una lastra di pietra, provava il desiderio di gridare che lei non aveva dimenticato. Ricordava di avere osservato la bocca di James molto tempo prima di conoscere il suo nome, di avere immaginato il proprio dito lungo la liscia curva superiore delle orecchie di lui, la propria lingua sulle colline e vallate delle sue nocche. Ricordava lo shock del loro primo bacio, benché sapessero da giorni che stava per arrivare, mentre si chinavano lentamente l'uno verso l'altra finché sembrava che non rimanesse spazio alcuno. Eppure era stata comunque una sorpresa, e ricordava quanto velocemente era cambiata la sua vita, ricordava la certezza di essere disposta a fare qualsiasi cosa pur di non dovere staccare le labbra, la lingua, il corpo da quelli di James, le cui curve e ritmi si adattavano perfettamente ai suoi, finché non aveva avuto più alcuna importanza che si trovassero davanti all'appartamento di Claire e le chiavi fossero già strette nella sua mano, trenta secondi erano un lasso di tempo troppo lungo per potersi fermare.

Ricordava le lunghe dita di James che le scivolavano più giù sulla vita mentre ballavano al matrimonio della sorella minore di Claire. Il cortile posteriore mentre gli irrigatori automatici erano in funzione e i vicini della porta accanto davano una festa, e lei che rotolava sopra di lui mentre l'acqua le cadeva sui capelli. Le interminabili mattinate invernali a letto mentre la luce grigiastra si faceva piano piano più luminosa e James le carezzava il ventre gonfio e le assicurava che era la donna più sexy che avesse mai visto. Claire se lo rammentava, davvero. Erano i ricordi che negli ultimi tempi le passavano per la testa mentre si quietava fino a addormentarsi, parecchio tempo dopo che il respiro del marito le aveva detto che non c'erano più rischi.

Non dipendeva solo dal fatto che ora fosse madre o avesse bisogno di lingerie adeguata, come le aveva raccomandato la sorella minore. Mentre restava ferma accanto al lavello si rese conto che, quando si proiettava di nuovo nella mente quelle scene, stava tentando di trovare qualcuno che aveva perso, e non era James. James era sempre lo stesso.

«Probabilmente è pulito, ormai.» La moglie di Carl era ferma al suo fianco. «A proposito, io mi chiamo Helen.»

«Io Claire.»

«Carl mi dice che hai dei figli.»

«Sì, una di tre anni e uno di pochi mesi.» Claire, momentaneamente assorta nelle sue riflessioni su James, si ricordò dei figli con un sussulto.

«È un periodo interessante», ribatté cautamente Helen.

«Infatti», confermò lei, poi si interruppe. Qualcosa nell'espressione di Helen, una particolare schiettezza, una particolare disponibilità all'ascolto, le diede coraggio. «Li adoro», disse. «A volte, però, mi chiedo...»

«Chi sei senza di loro?» suggerì Helen con un sorriso gentile.

«Sì», confermò Claire, grata.

Tornarono verso il tagliere, Claire con il granchio tra le mani. Helen esitò. «Sai, vorrei farti una domanda che una volta un amico ha fatto a me, sempre che tu non la ritenga troppo personale.»

«Quale?»

«Cosa fai che renda felice te? Soltanto te.»

Claire guardò Helen per un attimo e rifletté, il granchio posato sul tagliere sotto le sue dita.

«Me lo stavo semplicemente domandando», continuò

Helen. «Nessuno me l'ha mai chiesto, quando avevo la tua età, e lo ritengo un valido spunto di riflessione.»

Claire annuì, poi prese la mannaia e tagliò il crostaceo in dieci pezzi.

Cosa faceva che la rendesse felice? L'interrogativo implicava l'azione, uno scopo consapevole. Nel corso della giornata faceva parecchie cose, molte delle quali la rendevano felice, ma non era quello il punto principale, se ne rendeva conto. E nemmeno l'unico, capì. Perché per fare consapevolmente qualcosa che ti renda felice dovresti sapere chi sei. Tentare di indovinarlo, ultimamente, era come pescare in un lago in una notte senza luna: non avevi la minima idea di cosa avresti preso.

La mattina in cui era entrata in travaglio per Lucy era in giardino e teneva sospesa la canna per annaffiare sopra i cespugli di rose, una contrazione per ogni cespuglio, dieci minuti, cinque. All'inizio i dolori erano lenti e tiepidi, come crampi mestruali. Era una domenica splendida e tutt'intorno a lei le persone si stavano occupando dei rispettivi giardini, i tosaerba ronzavano in previsione di barbecue in cortile e le brocche erano piene di sangria. Si sentiva completamente e totalmente sé stessa, una donna in procinto di partorire.

Nel corso delle ore le doglie si erano fatte più intense. Quando erano arrivati in ospedale il tempo aveva cambiato ritmo e le infermiere si muovevano con svelta precisione, fissando sensori al suo corpo e collegandola a macchinari. Tutto era grigio e freddo, tranne il dolore che aveva cominciato a scavarle dentro, sempre più in fondo, trascinandola sotto. Claire continuava a pensare che le ondate avrebbero rallentato o si sarebbero momentaneamente placate, invece non l'avevano fatto, susseguendosi ininterrotte finché non era rimasto altro posto in cui andare se non al loro interno, tuffandosi e sperando di trovare dell'ossigeno dall'altra parte, ma non c'era ossigeno, nessuna via d'uscita, solo un disperato protendersi e annaspare, finché aveva sentito qualcosa in fondo a sé stessa andare in pezzi. E tra le braccia della persona frantumata che un tempo era stata Claire avevano posato una neonata e da lei, attraverso i vari frammenti, era sgorgato un amore che non aveva mai nemmeno creduto possibile.

Ricordava di avere pensato, più tardi, mentre teneva stretta la figlia neonata nella fresca oscurità della stanza d'ospedale, che non le sarebbe servito altro che un unico momento tranquillo per riuscire a trovare quei pezzi di sé stessa e ricomporli così come erano un tempo. Ma il momento tranquillo non c'era stato, perso tra poppate, bucato e la nuova convinzione che qualsiasi sua esigenza fosse per natura subordinata a quelle della figlia. Con il passare del tempo i vari pezzi avevano trovato nuove collocazioni, non dove erano stati un tempo ma dove riuscivano a infilarsi, finché la persona in cui Claire si era trasformata era diventata quasi irriconoscibile. Non trovava quella persona necessariamente gradevole, e la sbalordiva che nemmeno James riuscisse a vedere o volesse farlo, che fosse disposto ad andare a letto con qualcuno che non era davvero lei. Aveva l'impressione, ma non sapeva come avrebbe mai potuto spiegarglielo, che lui la stesse tradendo con un'altra.

Una volta che i granchi furono puliti, Lillian spiegò che li avrebbero cotti al forno. «Prepareremo una salsa che impregnerà la polpa di granchio penetrando dalle spaccature nel guscio. Il modo migliore di mangiarli è con le mani.»

Gli allievi tornarono alle sedie allineate di fronte al piano di lavoro centrale. Lillian sistemò i vari ingredienti: panetti di burro, montagnole di cipolla affettata, zenzero macinato e aglio tritato, una bottiglia di vino bianco, pepe, limoni.

«Prima faremo sciogliere il burro», spiegò, «poi cuoceremo le cipolle finché diventeranno trasparenti.» La classe riuscì a udire i lievi schiocchi mentre i tocchetti incontravano la superficie bollente. «Ma state attenti che il burro non si scurisca», li avvisò, «altrimenti saprà di bruciato.»

Quando i pezzetti di cipolla cominciarono a scomparire

nel burro, aggiunse rapidamente lo zenzero macinato, un nuovo profumo, in parte bacio e in parte schiaffo scherzoso. Poi toccò all'aglio, un cuscino soffice e tiepido sotto lo zenzero, seguito da sale e pepe.

«Potete aggiungere del peperoncino, se volete», disse, «e più o meno aglio o zenzero o altri ingredienti, a seconda dello stato d'animo in cui vi trovate o di quello che volete suscitare. Ora», continuò, «insaporiremo il granchio e lo metteremo in forno.»

«Carl, potresti aiutarmi?» Passò una bottiglia di vino bianco all'uomo, che la stappò con una destrezza frutto di vari anni di celebrazioni e cene. «Il vino bianco è perfetto con il granchio.»

Lo versò in un servizio di bicchieri e li indicò a Claire. «Potresti distribuirli?»

Claire li portò, a uno a uno, agli altri allievi: Carl e Helen, Ian, la donna dai magnifici occhi castani, il giovanotto triste, Chloe con l'eye-liner nero, la signora dai capelli argentei che le sorrise distrattamente come se la conoscesse. Alla fine tornò al suo posto.

«Ora», disse Lillian, «vorrei che vi rilassaste. Ascoltate. Non muovetevi. Annusate il cambiamento nell'aria mentre il granchio cuoce. Non preoccupatevi, più tardi vi darò il tempo di conoscervi, ma per il momento voglio che vi concentriate sui vostri sensi.»

Claire chiuse gli occhi. Sulla stanza intorno a lei calò il silenzio mentre gli allievi posavano i bloc-notes sul pavimento e si mettevano comodi sulle sedie. Il suo respiro divenne più profondo, riempiendole i polmoni, rallentandole il cuore. Sentì le scapole scivolarle lungo le linee della schiena, e il mento sollevarsi, come per condurle più agevolmente l'aria nel naso. La fragranza degli ingredienti che si scaldavano pervase l'intera stanza, penetrandole nella pelle, aromi sia intensi sia affascinanti, come la pigra eccitazione di un dito che ti scenda lungo l'interno del braccio. Quando si portò il bicchiere alle labbra, il vino bianco cancellò tutte le altre sensazioni in un'ondata limpida e fresca, solo per lasciarle poi tornare.

«Ho scaldato del vino e del succo di limone appena spremuto», sottolineò Lillian, «da aggiungere all'ultimo momento.» Claire captò il calore proveniente dal forno quando lo sportello si aprì e si richiuse, udì lo sfrigolio della salsa sui granchi, sentì gli aromi intensificarsi e trasformarsi quando Lillian aggiunse gli elementi freschi, limpidi, di vino bianco e limone.

«Okay, potete aprire gli occhi. Venite a mangiare.» Claire si alzò e raggiunse il piano di lavoro insieme agli altri studenti. Rimasero fermi, vicini, le spalle che si urtavano delicatamente, e abbassarono le mani verso la teglia, estraendo cautamente pezzi di crostaceo per poi depositarli sui piattini preparati da Lillian.

«È una cosa incredibile, Carl», Claire sentì esclamare sommessamente a Helen, al suo fianco. «Assaggia.» Helen accostò le dita gocciolanti alle labbra del marito e gliene infilò in bocca un pezzo. Si rivolse a Claire.

«L'hai già assaggiato?»

Lei scosse il capo. «È ancora bollente.»

Helen staccò abilmente un pezzo di polpa dal guscio. Sorrise vedendo lo sbalordimento di Claire.

«Dita di amianto, mia cara. Ho estratto per anni bastoncini di pesce dal forno, e questo ha i suoi vantaggi. Ora lascia perdere tutto ciò e mangia.»

«Mmm», acconsentì Claire, e si portò il granchio alla bocca, chiudendo gli occhi ancora una volta, escludendo la stanza intorno a lei. La polpa le toccò la lingua e il gusto saettò attraverso di lei, pieno, ricco e complesso, denso come un lungo bacio profondo. Diede un altro morso e sentì i piedi piantarsi più saldamente a terra e il resto di lei confluire in un fiume di zenzero e aglio e limone e vino. Rimase immobile, persino dopo che quel boccone e il seguente e quello dopo ancora scomparvero, sentendo il fiume serpeggiarle fino alle dita delle mani, le dita dei piedi, la pancia, la base della spina dorsale, saldando tutti i suoi pezzi in qualcosa di tiepido e dorato. Inspirò a fondo, e in quell'unico momento tranquillo sentì che si stava ricomponendo.

Lentamente, riaprì gli occhi.

Carl

Carl e Helen frequentavano il corso di cucina insieme. Erano una di quelle coppie che sembrano unite fin dalla nascita, come gemelli, anche se non in senso biologico. Nulla di fisico confermava quell'impressione: lui era alto e tendente al magro, con capelli di un bianco incredibile e limpidi occhi azzurri, mentre Helen era più bassa, più tonda, incline a sorridere facilmente con gli altri allievi, quando estraeva fotografie dei nipotini con la naturale consapevolezza che il ghiaccio va rotto e i bambini riescono a farlo meglio di molte altre cose. Eppure, persino quando Carl e Helen erano separati dall'intera ampiezza della stanza, li credevi fermi l'uno accanto all'altra, le teste che annuivano attentamente in risposta a qualsiasi cosa si stesse dicendo o facendo.

Era insolito vedere una coppia nella scuola di cucina di Lillian; i corsi erano talmente costosi che quasi tutti mandavano un rappresentante: esploratori alla Marco Polo impegnati in una missione coniugale volta a riportare a casa nuove spezie, trucchi capaci di modificare un pasto o una vita. In qualità di delegati, solitamente arrivavano con obiettivi ben definiti – cene a piatto unico per famiglie indaffarate, un imperdibile sugo per la pasta – per venire poi deviati dalla sontuosa compattezza del formaggio di capra fresco che indugiava sulla lingua, da una marinata al vino rosso lasciata per giorni a insinuarsi in un pezzo di vitello. In seguito, raramente la vita domestica rimaneva la stessa.

Quando due coniugi partecipavano al corso insieme, la cosa assumeva un significato del tutto diverso: cibo come soluzione, diversivo o, talvolta, parco giochi. Lillian era sempre curiosa. I due si sarebbero spartiti i compiti o avrebbero fatto un lavoro di squadra? Si toccavano a vicenda mentre preparavano il cibo? A volte si chiedeva come mai gli psicologi si concentrassero tanto sulla vita di una coppia in camera da letto. Potevi scoprire tutto su due partner semplicemente osservando la coreografia mentre preparavano la cena.

Nel vortice di socializzazione pre-lezione, Carl e Helen rimasero in piedi insieme su un lato della stanza, osservando le persone intorno a loro, le mani delicatamente allacciate. Il viso di lei era liscio, in netto contrasto con i capelli bianchi; lui andava fiero del fatto di averla accanto, i suoi occhi gentili dietro lenti dalla sottile montatura metallica. Non vi era alcun senso di distacco nella loro postura, nessun apparente desiderio di isolarsi; sembravano esistere in un gorgo di tranquillità che attirava gli altri verso di loro, le donne per prime.

«Oh, no», rise Helen, parlando con la giovane donna dalla pelle olivastra e dai grandi occhi castani che li aveva avvicinati, «non abbiamo mai frequentato un corso di cucina, prima d'ora. Ci è parso divertente, tutto qui.»

Quando Lillian invitò gli studenti a tornare alle sedie, Carl e Helen ne scelsero due in seconda fila, accanto alle finestre. Helen estrasse un taccuino e una sottile penna blu.

«Non ho bisogno di prendere appunti, quando c'è Helen», spiegò sommessamente Carl alla ragazza, che li aveva seguiti con palese esitazione fino ai loro posti. «Mia moglie è la scrittrice della famiglia.»

Helen stava scrivendo quando Carl l'aveva conosciuta, cinquant'anni prima, seduta nel cortile quadrato al centro del college, circondata da ciliegi che perdevano i petali in ampie folate simili a neve. In realtà, precisava sempre lui quando raccontava la storia, Helen non stava davvero scrivendo bensì pensava a cosa scrivere, mordicchiandosi il labbro come se stesse sfidando le parole a oltrepassarle i denti.

«Allora sei una scrittrice?» aveva chiesto lui sedendosi al

suo fianco sulla panchina di cemento, nella speranza che la propria battuta d'esordio fosse un po' meglio dell'orripilante: «Che cosa studi?». Lei gli aveva rivolto una lunga occhiata di valutazione, nel corso della quale Carl aveva deciso che non stava certo ottenendo molti punti per l'originalità. La ragazza era una scrittrice, in fondo, se esserlo significava osservare il mondo dall'impassibile posizione distaccata della mente. Lui aveva deglutito a fatica e aspettato, riluttante ad andarsene eppure deciso a evitare ulteriori tentativi di eloquenza.

Helen aveva chiuso la penna con un *clic* e lo aveva guardato negli occhi. «In realtà», aveva detto, «credo che preferirei essere un libro.»

E quando lui aveva annuito, come se la sua fosse la dichiarazione più sensata del mondo, lei aveva sorriso e Carl si era reso conto che sarebbe rimasto dentro quel momento per il resto della vita.

«Cosa c'è in programma per stasera?» chiese Claire dalla prima fila. Carl notò che era protesa in avanti, impaziente; in lei c'era qualcosa di diverso, quella sera: un nuovo taglio di capelli? Vestiti? Helen glielo avrebbe sicuramente saputo dire, se lui glielo avesse chiesto, ma era concentrata su Lillian.

Il piano di lavoro dietro cui si trovava Lillian era privo di ingredienti; un mixer da cucina, una spatola di gomma e diverse ciotole erano le uniche cose che gli allievi riuscissero a vedere riflesse nello specchio appeso là sopra.

«Allora...» Gli occhi dell'insegnante avevano un'aria giocosa. «La volta scorsa vi ho fatto cominciare con un esordio alquanto drammatico e vi meritate un premio per la bravura con cui siete stati al gioco. Inoltre, l'autunno comincia a farsi sentire e questa mi sembra un'occasione adatta per l'indulgenza. Ora voglio che mi diciate cosa vi viene in mente quando dico "torta".»

«Cioccolato.»

«Glassa.»

«Candeline.»

«Agnello pasquale», aggiunse Ian.

«Agnello pasquale?» chiese Lillian, sorridendo. «Che cos'è, Ian?»

Il giovane si guardò intorno nella stanza e vide che gli altri aspettavano, incuriositi. «Be', mio padre lo preparava sempre, per Pasqua. Una torta bianca a forma di agnello, con glassa bianca e scaglie di noce di cocco.» Si interruppe, poi continuò in fretta. «Odiavo la noce di cocco e trovavo sciocca l'intera faccenda ma, una volta al college, l'unica cosa che riuscissi a pensare era che non avrei mangiato l'agnello pasquale. Poi, circa una settimana dopo Pasqua, ricevetti una busta imbottita spedita da mio padre. Conteneva quella che sembrava una cacca di mucca glassata. Gli telefonai, e sapete come mi disse lui? "Be', sentivamo la tua mancanza, figliolo, così ti ho spedito il didietro dell'agnello".»

Gli altri allievi risero, poi la stanza si quietò, in attesa dell'aneddoto seguente. La donna seduta accanto a Carl e alla moglie si spostò leggermente sulla sedia.

«Di' pure, Antonia», la incoraggiò Lillian, e la giovane cominciò a parlare, il suo accento netto e tiepido come la luce del sole.

«Quando ero bambina, in Italia, la mia famiglia viveva sopra una panetteria. Ogni mattina il profumo del pane nel forno saliva per le scale, fin sotto la mia porta. Quando tornavo da scuola gli espositori in vetro erano pieni di tortine, ma sempre piatte e sottili, non poi tanto interessanti. A volte, però, nel retro preparavano una grossa torta, per un matrimonio.» Si appoggiò allo schienale della sedia, sorridendo al ricordo.

«Ricordo la mia torta nuziale», raccontò Claire. «Avevo una gran fame, non avevamo mangiato per tutto il giorno. C'era questa torta incredibile – vari strati di cioccolato e panna montata e tutte queste volute di glassa spessa, liscia – e continuavano a farci posare per le foto. Dissi a mio marito che stavo morendo di fame e lui prese una forchetta, la conficcò in un fianco della torta e me ne offrì un boccone.

Mia madre e il fotografo si infuriarono, ma io dico sempre a James che quello è stato il momento in cui l'ho sposato.»

Gli occhi di Carl e di Helen si incrociarono, condividendo una tacita battuta.

«Qual è stata la vostra torta nuziale, Carl?» domandò Lillian.

Carl sorrise. «Le Ding Dong, le tortine confezionate.»

Gli altri si girarono a guardarlo.

«Be', Helen e io avevamo un budget limitato, non andammo nemmeno a casa dai nostri genitori, per sposarci. Una volta terminati gli esami primaverili ci recammo in tribunale, poi trascorremmo la luna di miele in un vecchio alberghetto sulla spiaggia, nella California settentrionale. L'unico negozio aperto in città era una stazione di servizio e non aveva altro che tortine Ding Dong, all'epoca le chiamavano Big Wheels, e dei vecchi hot dog raggrinziti.»

«Ci portammo le nostre Ding Dong sulla spiaggia», aggiunse Helen, «Carl trovò dei rametti da usare come pilastrini tra l'una e l'altra e costruì una torre a forma di torta nuziale. Era un'autentica meraviglia.»

«Abbiamo anche conservato quella in cima per il nostro primo anniversario, proprio come ti consigliano di fare», concluse Carl, «non abbiamo nemmeno dovuto metterla nel freezer.» Scoppiarono a ridere, insieme al resto della classe.

«Bene», disse Lillian, «in tal caso credo che stasera dovremmo preparare una torta per Carl e Helen.»

Gli allievi annuirono, affamati.

«Come vi piacerebbe che fosse?» chiese Lillian.

«Bianca», rispose con decisione Helen. «Come i nostri capelli.» Prese la mano del marito e sorrise.

Helen non era sentimentalmente libera, il giorno dei fiori di ciliegio in cui Carl le si era seduto accanto, e non lo fu per molto tempo. A lui non dispiaceva aspettare, ma non voleva che fosse un'esperienza passiva. Scelse il gruppo di dibattito, di cui Helen era un membro zelante e che gli sembrava un'opzione preferibile al club del libro del campus o alla squadra di calcio femminile che assorbiva il resto del tempo libero della ragazza. Anche il fidanzato di Helen faceva parte della squadra di dibattito, e Carl trovava più interessante la prospettiva di una sfida diretta.

Alla fine scoprì che il gruppo gli piaceva; era un ricercatore meticoloso e risoluto, dalle argomentazioni sempre basate su fatti inconfutabili, e vantava un appassionato senso della giustizia che soverchiò qualsiasi sua remora iniziale sul fatto di parlare in pubblico e che, non molto tempo dopo, lo indusse a contraddire Helen nel bel mezzo di un dibattito simulato. Lei si interruppe, sbalordita, e lo osservò attentamente, poi sorrise.

Una sera di ottobre, Carl entrò nella sede del ballo sociale d'autunno e vide Helen, in piedi a parlare con tre amiche. Il suo abito blu aveva la gonna a campana e il corpetto attillato. I capelli le ricadevano ondulati sulle spalle. La musica cominciò e le sue amiche vennero requisite dai rispettivi accompagnatori. Lei rimase ferma a guardarli.

«Dov'è Mr Dibattito?» chiese Carl quando la raggiunse.

«Fuori città. O almeno così dice.» Helen continuò a fissare i ballerini, impassibile.

«Ti andrebbe di provare un paio di passi insieme a me?» chiese Carl, delicatamente. Lei lo scrutò, negli occhi una domanda posta e subito scartata, poi si infilò nel cerchio delle sue braccia.

Lo lasciò di stucco la facilità con cui, dopo avere aspettato così a lungo, fece correre la mano destra lungo la schiena di lei e sentì le dita adattarsi perfettamente alla curva del suo vitino, sentì le dita di Helen scivolargli lungo il palmo della mano sinistra per poi sistemarsi morbide al loro posto. Lei seguiva fluidamente la sua conduzione e i piedi di Carl si muovevano come rispondendo a istruzioni impartite da un ballerino assai più bravo di lui. Senza riflettere, la attirò ancora di più a sé e non avvertì la minima resistenza, solo il delicato inclinarsi della fronte di lei verso la sua spalla. Helen era tiepida e i suoi capelli odoravano di cannella.

Quando il ballo finì se la tenne vicina, la mano nella sua

come un fiore appena colto. Lei inclinò leggermente la testa all'indietro per guardarlo.

«Sei a casa», disse Carl. Lei sorrise e lui si chinò a baciarla.

«A mio parere, una torta somiglia molto a un matrimonio», cominciò a dire Lillian, mentre prendeva uova, latte e burro dal frigorifero e li disponeva sul piano di lavoro. «Lo ammetto, non ho molta esperienza al riguardo», commentò, sollevando la mano sinistra priva di anello con un'espressione ironica sul viso, «ma ho pensato spesso che sarebbe un'idea magnifica, per i fidanzati, cucinare da soli la torta nuziale, come parte della preparazione alla loro vita insieme. Forse non così tante coppie finirebbero per sposarsi davvero», disse con un sorriso, «ma credo che quelle che poi lo fanno potrebbero vantare un approccio leggermente diverso alla cosa.»

Infilò una mano nei cassetti sotto il piano ed estrasse contenitori di farina e zucchero e una scatola di bicarbonato di sodio.

«Ora, il cucinare è imperniato sul gusto personale: aggiungi un pizzico in più di questo o quello finché ottieni il sapore desiderato. La pasticceria, però, è diversa. Devi assicurarti che alcune combinazioni siano esatte.»

Prese le uova e divise i tuorli dagli albumi, tenendoli separati in due ciotoline blu.

«Essenzialmente, una torta è in realtà una delicata equazione chimica: un equilibrio tra aria e struttura. Date alla vostra torta troppa struttura e diventa dura. Troppa aria e si spacca letteralmente. Ecco perché sarete tentati di usare un preparato in scatola», gli occhi di Lillian scintillarono, «ma in tal caso vi perdereste tutte le lezioni che la preparazione di una torta può insegnarvi.»

Trasferì il burro nella ciotola del mixer e accese l'apparecchio; le spatole cominciarono a lavorare i morbidi rettangoli gialli. Piano piano, in una cascata di bianco incredibilmente sottile, vi fece cadere lo zucchero.

«È così che si inserisce aria in una torta», commentò, sovrastando il rumore dell'apparecchio. «Quando ancora non esisteva il mixer, ci voleva davvero un sacco di tempo. Ogni bolla d'aria presente nell'impasto scaturiva dall'energia del braccio di qualcuno. Ora invece dobbiamo solo resistere all'impulso di procedere più in fretta aumentando la velocità del mixer. Ma, se lo fate, all'impasto non piacerà.» La cascata di zucchero terminò e Lillian rimase ferma in paziente attesa, osservando l'apparecchio.

Le spatole continuarono a roteare all'interno della ciotola e la classe osservò l'immagine nello specchio sopra il piano di lavoro, in trance, mentre lo zucchero incontrava il burro e vi si amalgamava, ognuno dei due che traeva colore e consistenza dall'altro, espandendosi, ammorbidendosi, sollevandosi in seriche onde lungo i lati del contenitore. Passarono alcuni minuti, e Lillian continuava ad aspettare. Infine, quando burro e zucchero sfoggiarono finalmente la consistenza da nube tipica della panna montata, spense il motore.

«Ecco», disse. «Magia.»

Una volta sposati, Carl e Helen decisero di trasferirsi nel Nordovest, sul Pacifico. Helen aveva sentito parlare di alberi alti e perennemente verdi; si disse pronta per un cambiamento cromatico. Carl apprezzò enormemente il suo senso di avventura e l'idea di una casa nuova per il loro matrimonio appena celebrato. Trovò lavoro come agente assicurativo; vendere stabilità, lo definiva, concedere ai suoi clienti il lusso di dormire sonni tranquilli, sapendo che, qualsiasi cosa succedesse, c'era sempre una rete in cui potevano cadere, a metà del sogno.

Il Nordovest rimaneva buio e bagnato per gran parte dell'anno, ma Carl amava la nebbia che ammantava gli alberi e l'erba e le case. Era polvere di fata liquida, spiegò ai figli quando arrivarono, due in rapida successione a partire dal terzo anno di matrimonio. I loro rampolli erano autentici nativi del Nordovest, alzavano il viso verso i cieli umidi così come i tulipani seguono il sole. Lui si stupiva di come la pioggia paresse nutrirli, mentre li guardava affondare ben bene le radici nel terreno circostante.

Helen trovava vari modi per introdurre di soppiatto l'estate nei bui mesi invernali, inscatolando e surgelando la frutta dei loro alberi in luglio e in agosto e utilizzandola poi in modo stravagante durante tutto l'inverno: *chutney* alle mele con il tacchino del Ringraziamento, salsa di lamponi sopra un *pound cake** dicembrino, mirtilli nelle focaccine a gennaio. E sosteneva sempre che i più brevi giorni invernali, con i loro lunghi tratti di luce fredda e grigia, favorivano la scrittura. Carl le aveva regalato una piccola scrivania di legno, che sembrava fatta apposta per inserirsi nel cantuccio in cima alle scale. Lei diceva sempre, però, di essere una velocista quando si trattava di scrivere: componeva in rapidi bocconi al tavolo di cucina, a letto – anche se, dopo l'arrivo dei figli, gli scampoli di tempo rubati erano sempre più distanziati tra loro.

Ovunque lei scrivesse, qualsiasi cosa facesse, era la sua Helen, e nella luce argentea del Nordovest Carl la amava con tutto sé stesso come aveva fatto sulla spiaggia della California settentrionale dove avevano trascorso la luna di miele. Lei, a sua volta, gli riempiva la vita, e in quei primi anni, proprio quando meno se lo aspettava, lui trovava una tortina Ding Dong nel suo pranzo. In quei giorni staccava prima dal lavoro.

Lillian infilò un dito nella ciotola del mixer. «Penso sempre che questa sia la fase più squisita nella preparazione di un dolce.» Se lo leccò con l'entusiasmo di un bambino. «Ve ne darei un po'», aggiunse per stuzzicarli, «ma in tal caso non ne rimarrebbe abbastanza per la torta.»

Prese una delle ciotole blu. «Quindi ora aggiungiamo i tuorli, poco per volta, lasciando che l'aria si formi anche al loro interno.» Il mixer ricominciò le sue rotazioni mentre i

* Torta preparata con uova, burro e farina in parti uguali, di solito una libbra (in inglese *pound*), da cui il nome. (*n.d.t.*)

rossi d'uovo si amalgamavano con il composto di burro e zucchero, rendendolo più scuro, molle e scintillante.

«A questo punto», commentò lei, «niente più spuntini con l'impasto. Con le uova crude è rischioso.»

Gli anni dell'infanzia dei ragazzi erano parsi a Carl un autentico dono. Veniva da una famiglia che osservava l'affettuosità con una sorta di bonario divertimento intellettuale, e lo stupefacente amore fisico dei suoi figli lo colmava di gratitudine. Benché lui e Helen fossero scivolati, tacitamente, nei ruoli tradizionali della loro generazione – lui usciva di casa per guadagnare, lei si prendeva cura dell'abitazione e dei figli – Carl si ritrovava a infrangere le regole ogni qual volta ce ne fosse la possibilità, destandosi al primo rumore della bimba e prendendola in braccio prima che Helen potesse alzarsi. Sprofondava nel tepore di quel fragile corpicino contro la sua spalla; osservava con timore reverenziale il modo in cui la piccola ancora addormentata riusciva a mantenere una stretta ferrea sulla coperta che attestava l'esistenza di un mondo sicuro e affettuoso, meravigliato all'idea che fossero lui e Helen a conferire quella sensazione alla copertina, che a sua volta la trasmetteva alla loro figlioletta.

Non gli dispiacevano nemmeno le mattinate natalizie in cui, di buon'ora, prima uno e poi l'altro bambino si arrampicavano sul letto su cui lui e Helen si erano così recentemente lasciati cadere dopo una notte trascorsa a montare vagoncini di legno o biciclette o case per le bambole. Carl spalancava le braccia e loro vi si stipavano, tentando di convincerlo che il lampione esterno fosse in realtà il sole e quindi fosse ora di aprire le calze, se non i regali, quando in realtà erano solo le due del mattino. Helen gemeva bonariamente e si girava dall'altra parte, dicendogli che l'unico regalo che desiderasse per Natale era una bella nottata di sonno, e lui attirava a sé i bambini e sussurrava la storia della notte prima di Natale finché lentamente, in rapida successione, si addormentavano, i corpi drappeggiati l'uno sull'altro come indumenti nella cesta della biancheria. Quando i figli erano cresciuti, diventando abbastanza autonomi per effettuare da soli missioni esplorative di mezzanotte tra i pacchetti sotto l'albero (dove, quasi sempre, Carl e Helen li trovavano addormentati, al mattino) lui aveva scoperto di sentire la mancanza delle loro tiepide intrusioni nei suoi sogni.

«Ora è tempo di aggiungere la farina.» Lillian scoperchiò il barattolo. «Per come la vedo io», commentò, estraendone una cucchiaiata e lasciandola cadere attraverso il setaccio, in una svolazzante e tenue nevicata, nella grossa tazza graduata, «la farina è come certi personaggi cinematografici, molto più sexy di quanto sembrino all'inizio. Insomma, siate sinceri, quando vi spartite i compiti in cucina chi mai vuole occuparsi della farina? Il burro è di gran lunga più attraente. Ma in realtà è proprio la farina a tenere insieme una torta.»

Cominciò ad aggiungerne un po' all'impasto, facendola seguire dal latte.

«C'è un trucco, però», dichiarò mentre ne versava ancora un po', a dosi alternate, terminando con un'ultima manciata di farina. «Se mescolate troppo a lungo la farina con gli altri ingredienti otterrete una torta piatta, dura. Ma se invece state attenti, avrete una torta seducente come un sussurro nell'orecchio.

«E ora un ultimo passo», disse. Montò gli albumi, aggiungendo giusto un pizzico di zucchero alla fine, mentre la classe guardava la spuma trasformarsi in picchi prima soffici e poi turgidi. A questo punto Lillian incorporò all'impasto le schiumose nubi, un terzo alla volta. Alzò gli occhi per fissare gli allievi. «Tenete sempre da parte un briciolo di magia per la fine.»

Carl aveva quarantaquattro anni quando Helen gli aveva confessato di avere avuto una relazione. Era una storia finita, ma lei non riusciva proprio a tenergliela ancora nascosta, aveva detto. Era la cosa più sconvolgente che gli fosse mai capitata, un'onda anomala proprio quando era convinto di capire gli elementi intorno a lui. Helen gli sedeva di fronte, piangendo, e Carl si era reso conto di non sapere nella vita di chi fosse improvvisamente entrato. In quel momento rammentò cose bizzarre: non la prima volta in cui l'aveva baciata bensì un altro episodio, quando l'aveva raggiunta da dietro, mentre Helen era in piedi nel cucinotto del suo dormitorio, e le aveva posato delicatamente le labbra dietro il collo.

Lei non voleva lasciarlo, disse, né voleva che la lasciasse lui. Lo amava, lo aveva sempre amato; aveva solo bisogno che lui sapesse. Carl si era trovato a rimpiangere che la moglie, capace di mantenere il segreto sui regali di Natale dei figli per mesi e mesi senza tentennamenti, non fosse riuscita a tenere per sé anche quello; non in eterno ma almeno per un po', come in riconoscimento del fatto che alcuni annunci richiedono una certa preparazione per insinuarsi più agevolmente nella nostra vita, la chance di provare i classici dubbi titubanti, di notare il sedile del passeggero dell'auto regolato in base a misure che non sono le nostre, l'ultima tazza di caffè presa dal bricco senza l'offerta di condividerla.

Si era trattato, come Carl era solito precisare in seguito, di una spettacolare mancanza di immaginazione da parte sua. Lui, che nel proprio lavoro risiedeva ogni giorno nel futuro, che aiutava la gente a prepararsi a disastri di qualsivoglia magnitudo, non aveva notato alcun indizio. Helen insisteva ad attribuirlo al fatto che i suoi sentimenti per lui non fossero mai cambiati, ma Carl non riusciva a credere che fosse davvero così. Si chiedeva come avesse fatto a non capire e, se davvero non aveva capito – come era palesemente successo – in quale modo avrebbe mai potuto capire di nuovo qualcosa. La notte restava steso a letto accanto alla moglie e meditava.

Conosceva le statistiche relative al divorzio, naturalmente. Faceva parte del suo lavoro. In realtà, le statistiche prevedevano probabilità nettamente maggiori per un divorzio che non per un incidente automobilistico, una morte violenta o una mutilazione, il che rappresentava forse il motivo per cui le compagnie assicurative non vendevano polizze per la stabilità coniugale. Durante le settimane successive alla sua conversazione con Helen si era ritrovato a osservare le giovani coppie che entravano nel suo ufficio. Era affascinato dal fatto che le persone spendessero centinaia di dollari l'anno per assicurarsi contro il rischio che qualcuno potesse scivolare sui gradini davanti alla loro porta a causa della neve, che faceva raramente la sua comparsa nel Nordovest costiero, eppure andassero a letto ogni sera senza essersi assicurati contro l'eventualità di vedersi sottrarre il loro matrimonio, l'indomani. Forse, aveva pensato, l'immaginazione non funziona adeguatamente, quando le possibilità sono così ovvie.

Anni dopo si era trovato a dichiarare che era stata proprio la sua mancanza di immaginazione a fare sì che il matrimonio proseguisse. Per quanto trovasse facile, dopo la rivelazione di Helen, immaginare la moglie insieme a un altro – sapeva, dopo tutto, quale drink la moglie avrebbe ordinato se voleva farsi coraggio (scotch, liscio), quali aneddoti sui bambini preferiva raccontare (Mark e il coniglietto, Laurie che imparava a nuotare), come poteva toccarsi la punta del naso e abbassare il mento se trovava divertente una delle battute di lui (l'altro lui) –, non riusciva a immaginare i quarant'anni seguenti senza di lei.

Cosa avrebbe fatto delle sue lunghe gambe se non poteva più stenderle di traverso sul letto per scaldare il lato di Helen mentre lei si lavava i denti in bagno (trenta secondi per ogni lato, su e giù, la punta del piede che teneva il tempo)? Chi avrebbe lasciato aperti i pensili della cucina se lei se ne andava, o afferrato al volo i brandelli delle frasi di Carl mentre viaggiavano al di sopra del tavolo della sala da pranzo ingombro delle interminabili chiacchiere dei loro figli? A cosa sarebbe servito cambiare le marce sulla loro vecchia auto «dovremmo-proprio-sbarazzarcene», se non a toccare la mano di lei, perennemente posata sulla leva del cambio come a rivendicarne (era una battuta di famiglia) il possesso in esclusiva?

Non riusciva a immaginare, non riusciva a vedere, era una mancanza di comprensione sul più limitato, e quindi il più ampio, dei livelli. Era rimasto ad aspettare un'illuminazione e, con essa, un'indicazione che lo portasse via da casa, via dalla moglie, ma non giunse mai. Tentò di prevedere il futuro, e semplicemente non vi riuscì. Lui e Helen rimanevano sdraiati a letto notte dopo notte, senza toccarsi, sedevano al tavolo e si scambiavano progetti per la giornata mentre bevevano il caffè al mattino, raccontavano aneddoti sull'ufficio o sui ragazzi la sera. E lentamente, mentre lui aspettava un'illuminazione, quello che era successo ogni giorno – un diverbio con la figlia o il figlio, i primi crochi spuntati in giardino, l'imbarazzo di Helen per un taglio di capelli, la consegna di un divano nuovo – cominciò ad accumularsi e a controbilanciare quello che Carl non riusciva a immaginare, finché il segreto che lei non aveva mantenuto divenne un'ennesima componente della loro vita, l'ennesimo ramoscello nel nido che avevano costruito con momenti e promesse, la prima volta che lui l'aveva vista, la seconda volta che avevano litigato, la sua mano che le toccava i capelli mentre lei allattava un neonato. Carl praticava il bird-watching; sapeva che in un nido non tutti i ramoscelli sono perfettamente diritti.

La sorella maggiore di Carl non capiva. Si era accorta che qualcosa non andava e gli aveva dato il tormento finché lui non glielo aveva rivelato. Mesi dopo, il giorno del Ringraziamento, lo aveva trovato in cucina, intento a spolpare la carcassa del tacchino dopo la cena.

«Per quanto puoi continuare a vivere così?» gli aveva chiesto.

«Ci siamo fatti una promessa, molto tempo fa.» Le dita di Carl si muovevano tra gli ossi del tacchino, estraendo i pezzi di carne rimasti per poi impilarli sul piatto lì accanto. Nelle due settimane successive Helen li avrebbe trasformati in panini, in pasticcio di tacchino fritto e in tortini ripieni, finché i ragazzi si sarebbero seduti al tavolo della cena gloglottando e sostenendo di essere i fantasmi di tacchini passati.

«Lei ha infranto la promessa, Carl.» Ma il suo tono era gentile.

«La stiamo mantenendo al meglio delle nostre possibilità.» Lui aveva abbassato gli occhi sul cane che aspettava pazientemente ai suoi piedi e lasciò cadere un pezzetto di carne sul pavimento. «Il matrimonio è un salto nel buio che implica fiducia. Si è l'uno la rete di sicurezza dell'altro.»

«Le persone cambiano.»

Carl si era fermato lasciando che le sue dita si posassero sul piano di lavoro. «Credo sia proprio su questo che stiamo contando.»

Lillian estrasse le teglie dal forno e le posò sulle gratelle allineate sul piano di lavoro. I futuri strati della torta si levavano, perfettamente livellati e lisci, dalle teglie; il profumo, venato di vaniglia, si diffuse nella stanza in soffici ondate, riempiendo lo spazio con sussurri di altre cucine, di altri amori. Gli allievi si ritrovarono a protendersi in avanti per avvicinarsi agli aromi e ai ricordi che li accompagnavano. Una torta per la colazione che cuoceva nel forno in una nevosa giornata senza scuola, tutto il mondo in vacanza. Il suono di teglie per biscotti che tintinnavano contro le griglie metalliche del forno. La panetteria che rappresentava la ragione per alzarsi in mattine fredde e buie; un croissant ancora tiepido nella mano di una giovane donna diretta verso il tipo di lavoro che non aveva mai avuto intenzione di fare. Giorni di Natale, feste di San Valentino, compleanni che si fondevano tra loro, una torta dopo l'altra, illuminati da occhi che sfavillavano d'amore.

Con un movimento esperto, rapido, Lillian usò uno stuzzicadenti per punzecchiare la superficie dorata di uno degli strati e subito lo estrasse, pulitissimo.

«Perfetto», disse. «Mentre si raffreddano possiamo occuparci della glassa.»

Si interruppe, raccogliendo le idee.

«Quando stavamo preparando il corpo della torta», cominciò a spiegare, «lo scopo primario era mantenere il debito equilibrio tra aria e struttura. Ora stiamo per abbinare torta e glassa ed è il contrasto a essere importante, a essere ciò che vi indurrà a dare il secondo morso, poi il successivo.

«Ecco perché una torta completamente bianca è particolarmente difficile. Non possiamo trarre il nostro contrasto dal gusto, non in maniera ovvia. Non abbiamo previsto di mettere il cioccolato nella nostra glassa, né una farcitura di marmellata di lamponi. Niente fragole o scorze di limone sparse sulla sommità o nascoste tra i vari strati, anche se una qualsiasi di queste possibilità potrebbe rivelarsi divertente in un'altra occasione.

«Una torta bianca è l'esatto contrario di fuochi d'artificio e fanfara: è davvero sottile la differenza di consistenza tra torta e glassa, quando ti attraversano la lingua. È un po' più difficile da portare a termine», sorrise a Helen e Carl, «ma devo dire che, quando riesce, è davvero sublime.»

Era sabato pomeriggio, quasi due anni dopo che Helen gli aveva parlato per la prima volta della sua relazione. I ragazzi erano usciti per preparare la cerimonia del diploma di Mark. Carl salendo le scale del seminterrato aveva sentito una voce che parlava in francese, seguita dall'esitante ripetizione di Helen. Raggiunta la porta della cucina, aveva guardato dentro. La moglie era in piedi e gli dava le spalle, un mangiacassette posato in equilibrio precario sul davanzale della finestra, gli ingredienti per una torta al cioccolato disposti sul piano di lavoro intorno a sé. Non era mai stata una cuoca particolarmente ordinata, e le prove risultavano visibili ovunque: farina che impolverava il pavimento e le formava ampie striature sul grembiule, cioccolato fuso colato su tutto il piano di lavoro.

La cassetta si era fermata e Helen, profondamente concentrata, non se n'era accorta. Le torte erano sempre state una preda elusiva per lei. Le aveva preparate diligentemente per ogni compleanno e celebrazione; basse, deformi, dure come marmo, liquefatte; Laurie parlava ancora di quella che definiva la «torta vulcano» per il suo quinto compleanno. Eppure, Carl sapeva che Mark aveva implorato per averne una; la sua cerimonia del diploma era fissata per quella sera e non sarebbe stata un vero festeggiamento, senza una torta della madre.

Era rimasto fermo sulla soglia della cucina, senza muovere un muscolo, osservando la luce del tardo pomeriggio che filtrava dalla finestra e colpiva Helen, andando a fermarsi sulle piastrelle bianche e nere del pavimento sotto i suoi piedi. Aveva osservato l'impronta di farina sul fianco, laddove lei aveva posato la mano mentre leggeva il passo successivo della ricetta, il bianco che stava cominciando a insinuarsi nei suoi capelli, fili che lui amava e di cui quindi non le parlava, perché sapeva che lei li avrebbe strappati. La guardava, senza parlare, e mentre la guardava aveva sentito qualcosa dentro di sé spostarsi e trovare il proprio posto, in un movimento lieve e silenzioso come il ticchettio di un orologio.

L'aveva raggiunta da dietro posandole delicatamente le labbra dietro il collo. Helen si era voltata verso di lui, incontrando i suoi occhi per un lungo istante, come se stesse misurando il peso di qualcosa entro loro due. Poi aveva sorriso.

«Sei a casa», aveva detto, e si era protesa verso l'alto per baciarlo.

Gli allievi erano amichevolmente assiepati intorno al piano di lavoro ligneo, nel tentativo di portarsi forchettate di torta alla bocca senza cederne nemmeno una briciola al pavimento. La glassa era una densa crema al burro, ricca come un abito di satin posato sulla consistenza compatta e fragile del dolce. A ogni boccone la torta si scioglieva per prima, seguita dalla glassa, in rapida successione, come amanti che crollino sul letto.

«Oh, è squisita!» Claire guardò Carl e Helen al di sopra del tavolo. «Non riesco a credere di avere convinto James a scegliere il cioccolato per il nostro matrimonio.»

«Batte di gran lunga l'agnello pasquale», commentò Ian con un sorriso.

Isabelle rimase ferma in silenzio, assaporando il boccone. Lillian si piegò verso la donna più anziana. «Un penny per un ricordo», disse.

«Oh, oggigiorno i miei ricordi costano molto più di così: domanda e offerta, sai», ribatté l'altra con un sorriso, poi continuò. «Stavo pensando a Edward, mio marito quando ero più giovane. Era così bello il giorno del nostro matrimonio, così premuroso. Non è durata, ma è stato piacevole ricordarlo.»

Mentre gli altri continuavano a parlare, Carl e Helen rimasero l'uno accanto all'altra, gustando tranquillamente la torta. Lei, a differenza del marito, era mancina; mentre mangiavano, le loro mani libere continuavano a trovarsi a vicenda per poi staccarsi, mentre le loro spalle si urtavano delicatamente.

Una fetta di torta era posata su un piatto in fondo alla sala; Lillian la avvolse nella stagnola e la consegnò a Carl e Helen mentre lasciavano la lezione.

«Portatela a casa con voi», disse. «Come simbolo di un matrimonio lungo e felice.»

«O magari...» Helen guardò Carl, che sorrise e annuì. Lei prese l'involto di stagnola e uscì rapidamente dalla porta. Lillian e Carl rimasero a guardarla mentre raggiungeva Claire accanto al cancello. Le due donne parlottarono per qualche istante, poi Helen si piegò a baciare Claire sulla guancia. Quando tornò nella cucina, aveva il volto radioso, le mani vuote.

Antonia

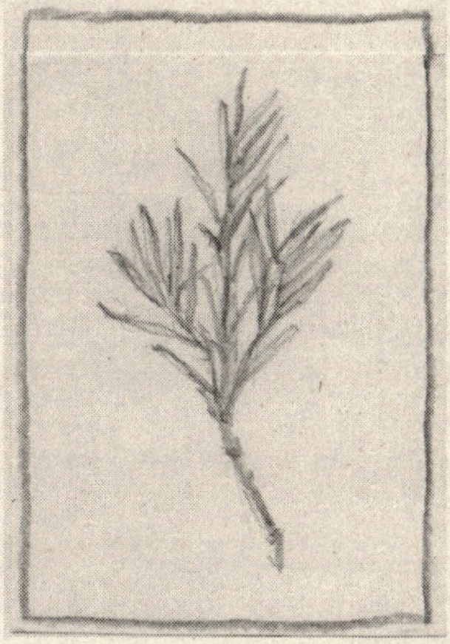

Antonia raggiunse in auto l'indirizzo segnato sul suo taccuino e si fermò, sbalordita. In un eterogeneo quartiere fatto di bungalow in legno e ampie ville in mattoni anni Cinquanta, l'antica casa vittoriana appariva alta e splendida nonostante l'evidente peso del tempo, la pittura esterna ormai farinosa e gli intricati cespugli di rododendro, il pluviale sospeso a mezz'aria come un braccio bloccato a metà di un cenno di saluto. Era impossibile vederla senza cancellare automaticamente gli anni e le abitazioni circostanti, senza immaginarla situata nel bel mezzo di un'ampia distesa di terreno a guardare, al di sopra di un lungo e dolce pendio verdeggiante, l'acqua e le montagne lontane. Una dimora costruita da un uomo infatuato di una donna cui aveva promesso il mondo intero.

Intorno all'abitazione, ingressi ad arco conducevano a una serie di aiuole e frutteti in miniatura, panchine di pietra rivestite di muschio, un prato circolare. Antonia sapeva che i giardini non avevano nulla a che vedere con la sua attività di designer di cucine, eppure non riuscì a resistere alla tentazione di visitarli, l'uno dopo l'altro come fiabe in un libro per bambini molto amato, anche se questo significò lasciare le scarpe fradicie davanti alla porta d'ingresso, quando infine entrò in casa.

Il suono dell'uscio che si chiudeva dietro di lei rimbalzò sull'alto soffitto dell'ingresso e su per l'ampia scalinata di legno che portava al primo piano. I suoi clienti non sarebbero certo stati i primi a modificare la casa, capì mentre si guardava intorno. Mattonelle di linoleum bianche e nere trasformavano in una scacchiera il corridoio sul davanti; il salottino alla sua destra sfoggiava una sbalorditiva tonalità di fucsia. Ma nel soggiorno alla sua sinistra distinse le strisce sottili del pavimento di quercia originale e un trio di bovindi che incorniciavano un gruppo di vecchi ciliegi, i rami nodosi che si levavano contorti verso il cielo. Attraversò la sala da pranzo formale, che sembrava alla deriva senza il tavolo e le sedie, ed entrò nella cucina, il vero motivo della sua visita.

Era una stanza di ampie dimensioni, con una veranda in cui si trovava un piccolo tavolo da pranzo che sembrava piazzato nel giardino stesso, e al centro lo spazio per un ampio tavolo di preparazione molto segnato dalla vita che pareva rivendicare per anzianità il possesso del locale. Purtroppo pareva che gli impulsi di ristrutturazione dei precedenti proprietari si fossero estesi anche alla cucina. A giudicare dai pensili di finta quercia e dal piano di lavoro in formica arancione, dal linoleum color avocado e turchese che ornava il pavimento, Antonia immaginò si trattasse di uno scoppio di creatività anni Settanta. Comunque i mobiletti si potevano cambiare e gli spazi erano pregevoli. Davvero pregevoli.

Raggiunse il tavolo centrale, passando affettuosamente le dita sulla superficie consunta, poi diresse lo sguardo all'altro capo della stanza dove un enorme caminetto di mattoni, annerito dall'età e dall'uso, era incastonato nella parete alta tre metri e mezzo, fiancheggiato su un lato da una mastodontica cucina a sei fuochi e sull'altro da un divanetto incassato sotto la finestra che guardava verso le aiuole rialzate di un orto abbandonato.

Si avvicinò al caminetto e sfiorò la fuliggine, chinando la testa verso l'apertura e inalando a fondo, aspettando l'odore di fumo e salsicce, il suono di succhi che gocciolavano e sibilavano sulla legna rovente.

La porta d'ingresso si aprì e lei sentì le voci entusiaste dei suoi clienti mentre attraversavano la casa.

«Antonia, sei già arrivata?» Susan entrò in cucina con passo deciso. «Eccoti qui! La casa non è meravigliosa?»

Lei annuì e raddrizzò la schiena, pulendosi furtivamente

le mani sul fondo dei pantaloni neri prima di allungare la destra per stringere quella di Susan e del suo futuro marito.

«Voglio dire che è orribile.» Susan rise. «Saremo costretti a rifare tutto, è ovvio. Insomma, quei pensili e il pavimento… e il caminetto, per l'amor di Dio! Ma ne sarà sicuramente valsa la pena, quando avremo finito.»

Antonia annuì. Annuiva sempre, in questa fase; non c'erano alternative.

«Pensavo a qualcosa di minimalista, di industriale. Un sacco di acciaio inox, adoro l'acciaio inox, con un pavimento di cemento e pensili neri.» Le mani di Susan gesticolavano e indicavano. «Niente maniglie, odio le maniglie, e magari qualche fila di mensole metalliche sopra i piani di lavoro. Potremmo mettere lassù i piatti e le pentole e padelle nuove.» Si voltò verso il fidanzato, che sorrise e annuì. Antonia rimase in attesa, immaginando che potesse esserci dell'altro, ma apparentemente il discorso era terminato.

«Quindi ti lasceremo qui a operare la tua magia per un po'. Jeff e io dobbiamo comunque andare a parlare del bagno padronale. Dovremo eliminare completamente la terza stanza da letto solo per ottenere una camera padronale decente!» Poi, con un'altra risata, si allontanò.

«È una bella casa», disse Jeff ad Antonia prima di uscire.

«Sì», rispose cordialmente lei.

Rimase in piedi nella stanza, tentando mentalmente di sovrapporre i contorni della visione di Susan alla cucina esistente, ma le linee rette continuavano a scontrarsi, gli angoli acuti venivano sgualciti dal cuscino del divanetto sotto la finestra o dallo schienale arrotondato di una poltrona immaginaria, smussati e ammorbiditi dal caminetto che chissà come, in ogni iterazione, sembrava non cedere mai il passo all'immagine delineata da Susan.

Nel corso dei quattro anni da lei trascorsi in America, in cui aveva progettato cucine in cottage vecchi di ottant'anni e in magioni in stile coloniale, in appartamenti moderni e in villette in stile Tudor grandi come case di bambole, era la prima volta che vedeva un caminetto in cucina e si ritrovò a girargli intorno come una bambina con un dolce che sa non essere destinato a lei. Era cresciuta in una casa di pietra, abitata da varie generazioni di famiglie i cui piedi avevano lentamente scavato avvallamenti nei gradini di pietra calcarea, dove gli odori del cibo avevano impregnato i muri come una marinata. Le ci erano voluti anni per abituarsi all'idea di case fatte di legno e si ritrovava ancora a misurare a grandi passi le stanze del suo bungalow in affitto quando il vento soffiava con forza e fischiava. Ma, pur avendo osservato con quanta facilità si potesse abbattere un muro per aprire una cucina su un tinello o una sala da pranzo, era arrivata a distinguere, insito nelle strutture in legno, un certo invito alla creatività: compensava almeno in parte la sua sensazione che probabilmente nulla di ciò su cui lavorava sarebbe durato.

Ma qui c'era un caminetto. Le ricordava la cucina di sua nonna, con i fornelli a un'estremità e un focolare sul lato opposto, lo spazio intermedio sufficientemente lungo e ampio per accogliere un tavolo da dodici persone e divanetti sui lati della stanza. La zona cottura della nonna era piccola – un lavandino minuscolo, niente lavastoviglie, un ridottissimo piano di lavoro – ma ne uscivano tortellini ripieni di carne e noce moscata conditi con burro e salvia, soffici cuscini di gnocchi, polli arrosto che spandevano profumo di limone e rosmarino fin nei vicoletti della cittadina, pane che dava a una nipote in visita un valido motivo per correre in cucina nelle mattinate fredde ad accoccolarsi di fianco al caminetto, un pezzo di colazione tiepida e appena sfornata in ogni mano. Quante volte era rimasta seduta accanto al fuoco, da bambina, ad ascoltare i suoni delle donne dall'altra parte della cucina, il ritmico picchiare dei loro coltelli sui taglieri di legno, il tintinnio di cucchiai in spesse terrine di ceramica, e sempre le loro voci, che amavano, discutevano, esclamavano a gran voce, ridendo o fingendosi orripilate per un nuovo pettegolezzo. Nel corso della giornata, in cucina, il calore emanato dal caminetto si protendeva verso il tepore dei fornelli finché la stanza si impregnava dei profumi di fumo di legna e carne rimasta a sobbollire per ore.

In piedi nella cucina di Susan e Jeff, la ragazza sentì lo

stomaco contrarsi per la nostalgia di casa. Non si era resa conto di quanto fosse forte la sensazione, di quanto bramasse tutto ciò che quel caminetto, quel tavolo di legno consunto significavano per lei: una vita fatta di parole che rotolavano sulla lingua come una carezza, di case che nutrivano il cuore tanto quanto l'occhio.

«Funzionerà?» chiese Susan, tornando in cucina, il viso illuminato dai progetti. «Insomma, so che è piccola, ma se lo facciamo nel modo giusto ci sarà posto sufficiente perché possiamo cucinare entrambi e...»

Jeff guardò Antonia con aria mesta. «Il che significa, immagino, che dovremmo imparare a farlo?»

«Certo», esclamò Susan. «Ho ricevuto in regalo dei magnifici libri di cucina, alla nostra festa prenuziale!»

Antonia sorrise educatamente. «Preparerò qualche bozzetto. Vogliamo rivederci qui... diciamo fra una settimana circa?»

«Sarebbe magnifico.» Susan stava aprendo dei pensili e si voltò con una risata. «Sul serio, questa cucina è davvero orribile. Sono così felice che tu riesca a vedere cosa stiamo cercando.»

«Non so come fare», aveva confessato Antonia, afflitta, al suo principale.

«Qual è il problema?» aveva chiesto lui.

«Lei non vuole un posto in cui cucinare. Desidera una cucina solo perché la gente possa vedercela dentro.»

«Hai già avuto a che fare con questo tipo di clienti, più di una volta, e te la sei sempre cavata egregiamente.»

«Questa cucina però... dovresti vederla. Non posso farla a pezzi.»

«Ma non è la tua cucina, Antonia, e loro sono i clienti. Dovrai imparare a vedere attraverso i loro occhi. Oppure», aggiunse per stuzzicarla, «fare in modo che loro vedano attraverso i tuoi.»

Quando Antonia sentì annunciare a Lillian che la lezione di cucina di quella sera consisteva nel preparare una cena del Ringraziamento, rabbrividì. Era reduce da un lungo weekend; non aveva un bozzetto pronto per la cucina di Susan e Jeff, non aveva fatto alcun progresso da quando era entrata per la prima volta in casa loro, e sperava di evitare il Ringraziamento, quell'anno. Nei quattro anni trascorsi negli Stati Uniti era sempre stata invitata a questa o quella festa del Ringraziamento: pareva che gli americani amassero condividere le loro tradizioni culturali, come fossero lucide auto nuove o neonati. Ogni anno sedeva a una tavola ingombra di cibo, osservando zuppiere grandi come ceste per il bucato che venivano passate da un capo all'altro, montagnole di purè, cipolle al burro, salsa di mirtilli rossi, ripieno al pane, patate dolci schiacciate e pezzi di tacchino che atterravano pesantemente, l'uno dopo l'altro, su un piatto già pieno. Lo scopo primario sembrava quello di mangiare il più possibile prima di crollare addormentati. Era più che logico, per una festività che celebrava la vittoria della sopravvivenza sull'inedia, e i presenti sembravano godere dell'eccesso, ma lei non riusciva a non sentirsi in imbarazzo per tutto quel cibo, stipato come emigranti in terza classe. Adesso, seduta nella cucina di Lillian, si rese conto che con l'espressione del viso aveva rivelato le sue riflessioni e si affrettò a reprimerle.

«In realtà, stasera proveremo qualcosa di leggermente diverso», annunciò Lillian, sorridendole. «Io credo nelle tradizioni – ci tengono uniti, alla stregua delle ossa – ma può essere facile dimenticare su cosa siano davvero imperniate. A volte, per ritrovarle, dobbiamo osservare tutto da una prospettiva diversa.»

Rivolse l'attenzione sui loro visi. «Allora, qual è l'essenza del giorno del Ringraziamento?»

«Riunirsi», rispose con calore Helen. «Tante persone diverse, ognuna con una vita diversa, che formano una famiglia.»

«Invece a casa mia», intervenne Chloe, un pizzico di amarezza nelle sue parole, «lo scopo è essere sempre tutti uguali, e nel caso tu non lo sia, di mangiare abbastanza per non accorgertene.» Fece girare lo sguardo sui compagni. «Scusa, Helen.»

«Bene, ecco un'idea», suggerì Lillian. «Invece di pensare alle persone, cosa ne direste se trattassimo i cibi che cucineremo come la lista degli ospiti per un dinner party? Ogni piatto invitato per la sua specifica personalità, tutti che fanno a gara per rendere il pasto più interessante.

«E non si sa mai», aggiunse, «se trattate il cibo in quel modo, magari le persone seguiranno a ruota.» Cominciò a distribuire una pila di menu vergati su spessa carta bianca. «Quest'anno ho intenzione di provare questo, al ristorante. Ho pensato che sarebbe stato divertente sperimentarlo al corso.»

Antonia abbassò lo sguardo sul foglio che le venne passato e lesse:

CENA DEL RINGRAZIAMENTO

Ravioli di zucca

Petto di tacchino farcito con rosmarino, mirtilli rossi e pancetta

Polenta con gorgonzola

Fagiolini con limone e pinoli

Caffè con biscotti al cioccolato

«È insolito, lo ammetto», sottolineò Lillian, «ma alla fine vedrete che vi compaiono quasi tutti gli ingredienti tradizionali del giorno del Ringraziamento, persino il granturco indiano, soltanto in maniera meno prevedibile. Vedremo cosa vi inducono a pensare sul giorno del Ringraziamento.

«Ora, c'è parecchio da fare, quindi ci divideremo in gruppi e potrete confrontare le vostre impressioni nel corso della cena. Stavolta vi darò davvero delle ricette, anche se in un certo senso credo che le troverete comunque leggermente atipiche.» Le ridevano gli occhi. «Ian e Helen, vorrei che voi lavoraste sui ravioli; Antonia e Isabelle, voi sul tacchino; Carl e Tom, voi vi occuperete della polenta; Claire e Chloe, a voi toccano i biscotti. Ho già sistemato ricette e ingredienti nelle varie postazioni, e se avete domande io sono qui.»

Detto questo, aprì il forno ed estrasse un grosso spicchio di zucca arrostito, i suoi succhi che sfrigolavano sul fondo della teglia.

«E un'altra cosa», aggiunse. «Stasera mangeremo lentamente: una portata alla volta, man mano che sono pronte. Ogni ospite a tavola dovrebbe sentirsi debitamente apprezzato.»

Antonia e Isabelle erano in piedi nella loro zona preparazione, i capelli candidi come nubi e gli occhi azzurro chiaro di Isabelle che facevano sembrare ancora più scure e vibranti la capigliatura scura e la pelle olivastra di Antonia. Davanti a loro, sul piano di lavoro, erano posati un grosso petto di tacchino scintillante, rametti di rosmarino verde scuro, spicchi d'aglio di un bianco cremoso, mirtilli rossi essiccati, fette di pancetta rosa e bianca, sale, pepe, olio di oliva.

«Sai», commentò Isabelle a mo' di presentazione, «prima che tu inizi a cucinare con me credo di doverti dire che ultimamente mi capita spesso di smarrire la strada.»

Le mani di Antonia smisero di muoversi tra gli ingredienti. Fissò placidamente Isabelle. «Ti sei persa?» chiese in tono gentile.

«No», rispose l'altra. «Solo che non sempre so con sicurezza dove mi trovo. I ricordi ti tengono ancorata al terreno, sai? E io», toccò con la punta del dito i mirtilli essiccati, «mi sento i piedi un po' leggeri, ultimamente.»

Antonia prese un rametto di rosmarino e glielo accostò al naso. «Inspira», le suggerì.

Isabelle inspirò e il suo viso sbocciò come un convolvolo. «Grecia.» La parola le uscì di bocca con un sospiro. «La mia luna di miele. C'erano siepi di rosmarino che portavano fino alla nostra casetta di pietra. Una mattina il giardiniere venne a potarle e noi facemmo l'amore in quell'aria verde per ore e ore.» Si interruppe, imbarazzata, e guardò Antonia.

«È magnifico», disse l'altra.

«Ma forse dovresti tenere tu il coltello, mia cara», ribatté Isabelle. Prese il foglio che Lillian aveva dato loro e scoppiò a ridere. «E questa sarebbe la sua idea di ricetta.»

Sul foglio era scritto: *Prendete gli ingredienti sul tavolo, tritate come necessario. Aprite a libro il tacchino e insaporite dentro e fuori, a vostro piacimento. Fate un pacchetto. Speditelo.*

«Possiamo riuscirci», affermò Antonia.

Triturò l'erba aromatica e l'aglio, e il coltello affilato praticava rapidi tagli delicati, colmando l'aria intorno a loro del profumo di boschi e terriccio e sole caldo. Isabelle dispose il petto di tacchino come se fosse una farfalla dalle ali spiegate e Antonia infilò il coltello nella carne, partendo dal centro, praticando incisioni parallele al tagliere, affettando ogni sezione in modo da aprirla e renderla spessa la metà di prima, come una serie di farfalle. Sulla tela vuota rappresentata dal tacchino Isabelle sparse sale e pepe, poi delicati pezzetti di aglio e rosmarino. Le due donne guardarono i mirtilli rossi.

«Sai...» cominciò a dire Isabelle.

«Manca qualcosa», concordò Antonia.

«Sherry?»

«Lillian ha detto che stiamo giocando con la tradizione, giusto?»

Presero una bottiglia dal mobiletto accanto al forno e versarono un po' di sherry in un piattino, aggiungendo poi i mirtilli essiccati. Rimasero a guardarli mentre diventavano sempre più grossi e morbidi man mano che assorbivano il liquido.

«Li lasceremo semplicemente riposare per qualche minuto», disse Isabelle, intingendo un dito nel composto e assaggiandolo. «Cene di gala», aggiunse, «precedute da bicchierini di sherry. Mio marito ci andava con la sua segretaria.»

«Mi dispiace.» Antonia le toccò il polso.

«È un peccato che non si abbia voce in capitolo, riguardo a quali ricordi si perdono e quali invece no», commentò Isabelle. «C'è stato questo scultore, in seguito, ma ormai non riesco sempre a trovarlo nella mia mente...»

«Aspettami qui, solo per un minuto.» Antonia raggiunse il punto della cucina in cui Ian e Helen stavano lavorando sulla pasta per i ravioli. «Vi dispiacerebbe se ne prendessi in prestito giusto un pizzico?» chiese, indicando la montagnola di impasto, soffice e cosparso di farina.

Ian la guardò perplesso, ma Helen si limitò a sorridere.

«Certo, cara. Tutta quella che ti serve.»

Antonia riportò il suo trofeo da Isabelle e premette delicatamente la pasta sul piano di lavoro creando un ovale liscio e piatto. «Tieni», disse, prendendole le dita e facendole scivolare sopra la superficie della pasta, «forse questo ti aiuterà a ricordare.»

Gli occhi di Isabelle si accesero, di un azzurro brillante. «Grazie», disse, e per un attimo tacque.

Scolarono i mirtilli per togliere lo sherry tinto di rosso, assaggiando mentre lo facevano. Isabelle lasciò cadere i piccoli frutti rigonfi, come un lungo filo di rubini, sopra rosmarino e aglio. Antonia aggiunse un sottile rivoletto di olio d'oliva di un verde lattiginoso, coprendo infine il tutto con fette di pancetta rosa e bianca semitrasparente. Insieme arrotolarono il tacchino con la punta delle dita, aggiungendo un altro strato di pancetta e condimento all'esterno. Alla fine, Antonia tenne ferma la carne mentre Isabelle vi legava intorno del filo di cotone bianco.

«Colpa dello sherry», commentò osservando il proprio operato. Avvolsero il tacchino nella carta stagnola, e parve davvero un regalo. Poi infilarono tutto nel forno.

«Congratulazioni», disse Lillian, passando a ognuna di loro un bicchiere di prosecco frizzante. «Ora che avete finito con i coltelli potete bere un bicchiere di questo. La pasta è quasi pronta. Venite a darci una mano con la sala da pranzo.»

Lillian aveva accostato tra loro parecchi dei tavoli più piccoli, quadrati, creando così un lungo tavolo rettangolare che correva al centro della sala del ristorante. La tovaglia inamidata che vi aveva steso sembrava una candida coltre di neve. Isabelle piegò tovaglioli fatti dello stesso tessuto pesante in triangoli e li sistemò in corrispondenza di ogni coperto, poi andò a prendere posate d'argento e piatti bianchi. Con un accenditoio Antonia accese le candele allineate lungo l'intero tavolo, il loro bagliore giallo che si rifletteva sul vetro spesso e irregolare delle vecchie finestre.

Gli altri allievi arrivarono dalla cucina, guidati da Ian e Helen che portavano in trionfo un grande vassoio fumante. Ian lo tenne sollevato mentre Helen posava accuratamente su ogni piatto bianco cinque ravioli quadrati non più spessi della carta, i bordi increspati, la superficie cosparsa di burro fuso, costellata di frammenti di scalogno e nocciole, come chicchi di riso lanciati a un matrimonio.

Presero posto a tavola. «Felice giorno del Ringraziamento a tutti», disse Lillian, levando il bicchiere.

Per un attimo rimasero immobili, limitandosi a osservare. Il profumo si levava dai piatti insieme alle ultime tracce di vapore, il burro sprigionava mormorii di scalogno e nocciole. Antonia si portò un boccone alle labbra. Un rapido crocchiare di nocciole, poi la pasta si arrese agevolmente ai suoi denti, la zucca le si sciolse sulla lingua, tiepida e densa, con tenui e piccanti correnti sotterranee di noce moscata. Le parve di tornare a casa e si rilassò sulla sedia con un sospiro felice. Si guardò intorno, chiedendosi cosa pensassero gli altri studenti, osservandoli mentre mangiavano lentamente, concentrandosi solo sui sapori nella loro bocca, dimentichi del tavolo cui sedevano. Lo sguardo di Ian incrociò il suo.

«Ti piacciono?» gli chiese lei. «I ravioli, intendo.»

«Sono squisiti», rispose lui, rapito. «Non riesco a credere che li abbiamo fatti Helen e io.»

«Ehi», intervenne Helen con una risata, due posti più in là.

«Sai cosa voglio dire», ribatté Ian. Si interruppe, poi tornò a guardare Antonia. «Mangi sempre così?»

«No…» rispose lei, esitante.

«Sì, vero?» replicò in fretta lui. «O almeno lo facevi. Insomma, questo spiegherebbe…»

«Che cosa?»

«Come mai sei…» Ian fece dietrofront. «Non importa.»

«Sta dicendo che sei bellissima», dichiarò Isabelle in tono spiccio, e inghiottì un altro boccone.

«Ahh…» Antonia abbassò lo sguardo, un tenue sorriso sul volto.

Il tacchino emerse dal forno, i suoi succhi che sfrigolavano all'interno dell'involucro di stagnola.

«Ecco», disse Antonia a Isabelle, «chinati qui sopra.» Aprì la carta d'alluminio spiegazzata e Isabelle inalò mentre il vapore le carezzava il viso.

«Natale», disse. «Mia nonna cucinava sempre l'intero cenone con ingredienti che aveva coltivato o allevato personalmente; tranne il tacchino, quello glielo dava il vicino. Adoravo passeggiare nel suo giardino dopo cena; sembrava vivo, persino in inverno. Lei mi diceva sempre che il rosmarino cresce nel giardino di una donna forte. Le sue piante di rosmarino sembravano alberi.»

Lasciarono che il tacchino si freddasse un po' fuori dal forno e andarono a guardare gli altri. Chloe e Claire stavano chiacchierando tutte contente, avviluppate dal consolante profumo del cioccolato. Avevano estratto dal forno quella che sembrava una torta lunga e sottile, lucente, e la stavano tagliando a fette, sistemandole poi su un lato della teglia dove, come per magia, si trasformarono improvvisamente in biscotti ovali tradizionali.

Poco più in là, Carl e Tom si stavano consultando sopra il paiolo di polenta mentre quest'ultima gorgogliava e scagliava nell'aria minuscoli proiettili di granturco bollente e liquido. Antonia notò che l'espressione di Tom aveva momentaneamente perso la tristezza che gli aderiva addosso come un marchio.

«È troppo calda!» esclamò Carl.

«Abbassiamo il fuoco, poi credo che sarà ora di aggiungere il gorgonzola», suggerì Tom, prendendo alcune briciole di formaggio lattiginoso, venato di blu come marmo.

Antonia sbirciò da sopra le loro spalle. La polenta era un calderone pieno di estate, un color oro vibrante contro il nero della pentola. Carl stava mescolando con un cucchiaio di legno dal lungo manico e forato al centro, mentre Tom aggiungeva pezzetti di formaggio che si lasciavano dietro code di comete bianche sciogliendosi nella massa gialla in movimento.

Lì accanto, Lillian stava spremendo un limone sopra una montagna di fagiolini fumanti disposti in una ciotola bianca.

«Antonia», chiamò, «puoi pensare tu ai pinoli?»

Antonia afferrò il lungo manico della padella sul fuoco e la scosse rapidamente per capovolgere i pinoli che vi stavano dorando. Un altro paio di veloci torsioni del polso e furono pronti, e lei, scrollando il tegame, li sparse sopra i fagiolini come coriandoli lanciati al rintocco che annuncia il nuovo anno. Alzò gli occhi per scoprire Tom intento a osservarla, la sua espressione nuovamente colma di tristezza. Gli rivolse un'occhiata interrogativa.

«Non è niente», disse lui, scuotendo lievemente il capo. «Per un attimo mi hai ricordato una certa persona.»

«È un problema?» domandò Antonia, preoccupata.

«No», rispose Tom, il volto che si rasserenava. «È una cosa positiva.»

«Siamo pronti?» chiese Lillian, tenendo aperta la porta della sala da pranzo. Entrarono come un corteo, zuppiere e vassoi tenuti ben alti.

«Cosa ne dite degli invitati alla nostra cena?» chiese Lillian agli allievi dopo che le prime esclamazioni avevano ceduto il posto a sommessi sospiri di piacere. Il ritmo era rilassato, mentre ogni commensale dava morsi lenti, contemplativi. Il tacchino, posato a fette sui piatti, era di un rosa chiarissimo, solcato da nastri spiraleggianti di erba aromatica e pancetta. La polenta sembrava una chiazza di colore brillante, il gusto fresco e intenso dei fagiolini e del limone in netto contrasto con la consistenza soffice e sontuosa della farina di mais tiepida.

«Questo non è semplicemente mangiare», affermò Ian. «Richiederebbe un termine apposito.»

Avevano concordato che nessuno dovesse versarsi il vino da solo, quindi giravano a turno intorno al tavolo, riempiendo bicchieri, fermandosi per un sommesso istante di conversazione con ogni persona. Diedero un goccio di vino persino a Chloe, benché non avesse ancora compiuto ventun anni.

«Non saprei, Chloe», scherzò Ian, «potremmo finire in un mare di guai, a causa tua.»

Isabelle si chinò al di sopra del tavolo, verso la ragazza. «Quando ero giovane io, non ci preoccupavamo di cose del genere. Ma in fondo», aggiunse con una strizzatina d'occhio, «forse è per questo che non mi ricordo granché, adesso.»

Si sarebbero dimenticati dei biscotti, ma Chloe ne andava talmente fiera che trascinò Lillian in cucina a preparare gli espressi che vennero poi portati al tavolo dentro minuscole tazzine bianche, un friabile ovale di biscotto al cioccolato su ogni piattino.

«Ora, *questa* sì che è stata una cena del Ringraziamento davvero magnifica», disse Carl, appoggiandosi platealmente allo schienale della sedia mentre posava la tazzina vuota.

«Sapete, penso sempre che una vacanza sia molto simile a una cucina», dichiarò Lillian. «L'importante è cosa ne esce.»

Antonia rifletté per un attimo, poi sorrise. «Ma certo», si disse sottovoce.

Erano le undici passate quando lasciarono il ristorante. Il

vino, il cibo, le conversazioni della serata li riscaldavano persino mentre si addentravano nell'aria fredda e buia.

«Lillian non ci ha chiesto cosa abbiamo imparato sul giorno del Ringraziamento», commentò Ian.

«Volevi che lo facesse?» domandò Helen.

Chloe prese Ian a braccetto, con piglio cordiale.

«Scommetto che a scuola ti piacevano i compiti in classe», lo schernì.

«Voglio semplicemente sapere se devo aspettare fino al Ringraziamento per mangiare di nuovo in quel modo. O se, nel caso io non aspetti, la cena di quel giorno sarà comunque speciale.»

Antonia andò a metterglisi accanto, dall'altra parte.

«Sì e no.» I loro sguardi si incontrarono fugacemente, gioiosamente. Raggiunsero tutti il cancello e Antonia si diresse a sinistra, verso la sua auto.

«Buonanotte, Antonia», le gridò Isabelle nella notte.

«Sogni d'oro», augurò di rimando la voce di Antonia.

Antonia sentì Susan e Jeff sulla veranda, prima che entrassero in casa.

«Non vedo l'ora di guardare i progetti», stava dicendo la donna mentre apriva la porta. «Lei… Oddio, cos'è questo profumo incredibile?»

I due raggiunsero la cucina e si fermarono, ammutoliti. Il linoleum del pavimento era stato tolto, mettendo in mostra le assi di abete sottostanti, chiazzate di colla ma comunque di un caldo rosso dorato. Un tavolino coperto da una tovaglia provenzale gialla era sistemato come un segreto nella veranda, una pentola di ferro piena d'acqua bolliva allegramente su un fornello dell'enorme cucina nera. Al centro della stanza il tavolo di preparazione era coperto da una nevicata di farina e da una serie di ciotole di ceramica rosse mentre nel caminetto, su una griglia posta sopra un letto scintillante di rametti odorosi, sfrigolavano e cuocevano pollo marinato e melanzane.

«Siete arrivati giusto in tempo», annunciò Antonia. «Mettetevi un grembiule e potrete aiutarmi a finire i ravioli.»

Con un pezzo di pane, Susan assorbì le ultime gocce di sugo di carne rimaste nel piatto. Nell'umidità della cucina i capelli biondi normalmente lisci le si arricciavano intorno al viso. Macchie di farina spiccavano su un lato della sua gonna nera e quando si era seduta a tavola aveva completamente dimenticato di togliersi il grembiule.

«È stato incredibile», gemette. Jeff la guardò e sorrise, allungando la mano al di sopra del tavolo per prendere la sua.

«Ti andrebbe di cucinare così per noi, in eterno?» chiese lei ad Antonia.

«Credo che cucinerete l'uno per l'altra, in questa cucina.»

«Sì», confermò Jeff.

«Okay», rispose amabilmente Susan. Bevve un sorso rilassato e cogitabondo di vino rosso. «Però *possiamo* cambiare i pensili, vero? Per favore. Anzi, aspetta, sarebbe magnifico: credi che riusciremmo a trovare una foto della cucina originale per vedere com'erano quelli vecchi?»

Jeff alzò il bicchiere di vino in direzione di Susan. «Così mi piaci», disse.

Antonia entrò nel suo bungalow di legno, si tolse il cappotto e digitò un numero sul telefono.

«Ha funzionato», annunciò tutta contenta nel ricevitore. «Grazie di avermi aiutato a… com'è che dici? A svellere il pavimento. Non sapevo chi altri chiamare.»

«Quando vuoi», replicò Ian.

Tom

Tom si fermò fuori dalla cucina del ristorante. Le finestre erano illuminate; all'interno vide i compagni di corso che si mescolavano tra loro con la disinvolta familiarità di vicini di casa a una festa di quartiere. Sul piano di lavoro, pomodori in scatola, un barattolo di farina e un pacchetto incartato erano pronti per la lezione di quella sera. Era come tornare a casa dopo una lunga giornata trascorsa lontano e aprire la porta con la certezza che c'era qualcuno, c'era sempre stato qualcuno. Tom si voltò per andarsene.

«Ciao, Tom.» Lillian aprì la porta della cucina. Aveva i capelli neri scostati dal viso, gli occhi tranquilli e intenti a osservarlo. Sorrise.

«Entra», disse. «Prenderai freddo, là fuori.»

Qualcosa, nella voce di Lillian, toccava profondamente chiunque la udisse; ti faceva sentire protetto, perdonato per cose che non ti eri nemmeno reso conto di avere fatto. Quando Lillian ti invitava a entrare in una stanza lo facevi, non foss'altro che per stare vicino alla sua voce.

«Ho pensato che questa fosse la classica serata da pasta», dichiarò mentre lui metteva piede in cucina. «Vediamo se sei d'accordo con me.»

Gli allievi occuparono i posti consueti nelle due file di sedie rivolte verso il piano di lavoro in legno. «Fa freddo là fuori», disse Lillian, «spero vi stiate tutti scaldando.» I suoi occhi passarono in rassegna gli allievi, controllando le espressioni facciali, un ginocchio irrequieto.

Tom seguì la direzione del suo sguardo. Claire stava riponendo il portafogli; aveva appena mostrato a Isabelle alcune foto e un sorriso le indugiava ancora sul volto. Chloe si era spostata nella fila in fondo; sfoggiava un'aria distratta, priva della disponibilità che l'aveva caratterizzata al termine della lezione sul Ringraziamento. Tom notò che Ian si era finalmente assicurato un posto accanto ad Antonia, benché apparentemente gli riuscisse ancora difficile trovare qualcosa da dirle. Carl sedeva di fianco alla moglie, come sempre. Lei gli teneva una mano sul braccio, la punta dell'indice che gli sfiorava l'osso del polso. Tom distolse lo sguardo.

«Sapete», cominciò Lillian, «mi succede sempre qualcosa quando il clima cambia, in autunno. Tutto sembra dirigersi così rapidamente verso il freddo. Quindi ho pensato che stasera avremmo potuto lavorare con uno degli ingredienti più segreti in assoluto: il tempo.

«Se ci pensate bene, con ogni pasto che mangiate, mangiate del tempo: le settimane necessarie per fare maturare un pomodoro, gli anni in cui cresce un albero di fichi. E ogni pasto che cucinate rappresenta del tempo sottratto alla vostra giornata… ma lo sapete benissimo.

«Di solito una lezione sul tempo riguarda in realtà l'efficienza: come riuscire a fare il doppio delle cose in metà tempo. Ma stasera noi faremo l'esatto contrario. Coltiveremo l'inefficienza, scialacqueremo la nostra risorsa più preziosa come se ne avessimo a disposizione una riserva illimitata. Cucineremo una pietanza che rappresenta una sfida alle brevi giornate invernali: pasta al sugo.

«Ora, per fare veramente questa esperienza bisognerebbe cominciare al mattino, in modo che il sugo possa cuocere per tutto il giorno. Purtroppo non disponiamo di così tanto tempo, ma riuscirete a imparare comunque la lezione.»

Prese una testa d'aglio, soppesandola, poi guardò gli allievi.

«Tom», disse, «perché non vieni ad aiutarmi?» Gli lanciò delicatamente l'aglio, che atterrò nella ciotola formata dalle mani del giovane, gli strati esterni che crepitavano come un segreto, più pesante ma anche più leggero di quanto lui avesse previsto. Tom non desiderava nulla del genere, non quella sera, quando il mondo sembrava troppo freddo e insieme troppo caldo. Ma l'aglio giaceva nelle sue mani, in attesa. Lo strinse con forza, poi si alzò e, vagamente indeciso, girò intorno al piano di lavoro per andare a piazzarsi accanto a Lillian, e le mani messe a coppa gli salirono al naso con un gesto talmente automatico che lui rimase stupito quando il profumo dell'aglio gli si insinuò nelle narici.

Charlie adorava l'aglio; aveva spiegato a Tom che, se lui l'amava, gli conveniva amare anche l'odore che avevano le sue dita dopo una giornata trascorsa in cucina, l'aroma penetrato a fondo nella pelle come vino in una tovaglia. Charlie rifiutava l'aiuto di tutti i gadget di cucina: schiacciava gli spicchi grassi e sodi sotto il pollice forte, toglieva le bucce esterne simili a carta e affondava l'unghia nella base dello spicchio per rimuoverne l'estremità indurita. Avrebbe anche tritato con le dita, se avesse potuto. Alla fine, con i polpastrelli si tracciava linee tra i seni, lungo la nuca e dietro le orecchie.

«Piste da seguire», gli diceva, facendogli l'occhiolino.

Una sera, al ristorante, la moglie di uno dei clienti dello studio legale di Tom aveva commentato con disperazione la quantità di aglio sulla sua bruschetta.

«Andy non vorrà dormire con me, stanotte», aveva spiegato con una risata colma di imbarazzo. «Tesoro, hai delle mentine?»

Mentre la coppia era impegnata a controllare tasche e borsetta, Charlie aveva incrociato lo sguardo di Tom. Lentamente, aveva passato l'indice sul denso olio aromatico che aveva impregnato le tonde fette di pane tostato sul suo piatto, dopo di che la sua mano era scomparsa sotto il tavolo.

L'aglio era posato sul tagliere, suddiviso in pezzetti uniformi. Lillian tolse il coltello a Tom e li spinse da parte, formando una minuscola montagnola. Rimase stupito di vedere, accanto a essa, delle cipolle appena affettate, il loro profumo più pungente, fulmine invece di tuono.

«Ho deciso di farti compagnia», commentò Lillian. Presa una grossa bottiglia di olio di oliva sotto il piano di lavoro, la sollevò per versare un cerchio spiraleggiante di denso liquido verde oro nella grande padella sulla cucina a gas. Accese il fornello con un lieve sibilo di aria.

«A volte», sottolineò, «il pasto più squisito vi impone di dimenticare l'esistenza del tempo. Ma poi c'è l'olio d'oliva: le olive cominciano a cambiare gusto entro poche ore dalla raccolta. Dopo tutti quei mesi di crescita. Ecco perché l'olio migliore proviene dalla prima spremitura, e il migliore in assoluto si ottiene vicino ai suoi alberi.»

Tom aveva conosciuto Charlie otto anni prima, quando entrambi lavoravano per l'estate in un ristorante di Cape Cod. Non che quello fosse davvero un ristorante e lui non era davvero un cuoco, e Charlie non avrebbe mai dovuto fare la cameriera, visto il suo atteggiamento generale nei confronti della sottomissione. Considerando l'abilità di Charlie in cucina, i ruoli avrebbero dovuto invertirsi. Ma era così che funzionavano le cose da Lonny's.

Il primo giorno Tom era stato assegnato al turno della colazione, e si era messo a girare il bacon con una spatola dal lungo manico, cercando di racimolare il coraggio necessario per fare capovolgere in aria l'uovo che stava friggendo e che ben presto non sarebbe più stato «poco cotto». Una donna con pelle dorata e capelli biondissimi, un fisico reso solo leggermente meno straordinario dall'ironia della tenuta da cameriera a righine bianche e rosse, gli si era avvicinata e aveva afferrato il manico della padella. Con un unico rapido colpo, prima in avanti e poi all'indietro, aveva fatto sì che l'uovo si sollevasse nell'aria per poi capovolgersi.

«Vorrei tanto potere fare la stessa cosa al tavolo numero sette», aveva commentato seccamente, poi era uscita dalla cucina.

Aveva raggiunto di nuovo Tom durante la pausa di quest'ultimo. Gli aveva passato una padella, con tanto di uovo semicotto.

«Mi chiamo Charlie», aveva detto. «Capovolgimi questo dieci volte.» Dopo il suo terzo tentativo fallito aveva sorriso, gli aveva tolto di mano la padella e mostrato di nuovo come fare, e Tom si era innamorato della lieve linea del muscolo che le solcava il braccio.

Aveva scoperto presto che Charlie non riusciva a tenere le mani lontane dal cibo. Era capace di affettare una cipolla intera, lasciata incustodita sul piano di lavoro, prima che l'aiutocuoco potesse tornare dalla cella frigorifera. I cuochi le urlavano sempre contro perché infilava le dita nelle salse. Lei li placava flirtando, facendo una pausa seducente prima di spingere con l'anca la porta a vento che dava sulla sala da pranzo. Quando ripassava, si fermava spesso nella postazione di Tom.

«Aggiungi un po' di noce moscata alla besciamella», gli suggeriva, a voce troppo bassa perché qualcun altro potesse sentirla.

La chiamava cucina guerrigliera. Tom sapeva che, quando lui non c'era, Charlie aggiungeva semplicemente gli ingredienti, ma apprezzava il fatto di venirne informato, quando invece era presente. Di notte pensava a lei, chiedendosi cosa facesse a una frittella, a una pizza, quali piccole sorprese aggiungesse alla vita delle persone sedute ai suoi tavoli.

Charlie mangiava di tutto. Le notti in cui erano entrambi assegnati all'ultimo turno, stipavano la spazzatura nel cassone fino a ottenere abbastanza spazio per aggiungere gli ultimi scatoloni e lattine, e quando avevano finito si guardavano intorno nella cucina appena pulita. A quel punto afferravano le padelle, gli oli, il cibo riposto da Charlie in fondo alla cella frigorifera e cominciavano a cucinare sul serio. Salsa stracolma di cipolle e coriandolo, pesce bianco fresco con aglio e soia e succo di mandarino. Molti degli ingredienti li portava lei stessa; i proprietari del ristorante non avrebbero saputo distinguere il tofu dal proprio sedere, amava dire. Il fatto che nemmeno Tom lo avesse mai visto, prima d'allora, non la impensieriva.

«Tu sei diverso», diceva. «Dai un morso e impara.»

Mangiavano in cucina, evitando la sala da pranzo con i suoi tovaglioli di carta e le tovaglie plastificate a scacchi bianchi e rossi. Mentre mangiavano, lei recitava l'antica poesia inglese che ormai si rifiutava di studiare. Tom le raccontava dei corsi di giurisprudenza che seguiva, e Charlie ascoltava, giocherellando con le complessità dei vari casi come avrebbe fatto con gli ingredienti di una pietanza.

«E se...?» chiedeva sempre, e Tom si rendeva conto che le sue idee, se applicate al sistema legale, sarebbero risultate raffinate e disturbanti come uova di pesce e alghe in un negozietto di hamburger.

La prima volta in cui l'aveva baciata – gli ci erano voluti sei mesi – lo aveva fatto proprio sopra degli hamburger alti cinque centimetri. Si era piegato in avanti e, senza riflettere, le aveva leccato via il grasso dal braccio. Mentre accostava il viso al suo, si era chiesto come fosse possibile che la distanza tra braccio e bocca potesse richiedere una così dolce infinità di tempo per essere coperta.

L'olio rivestiva il fondo della padella, liscio e denso, bollicine minuscole che salivano verso la superficie.

«Ora prenderemo uno di questi», disse Lillian agli allievi, tenendo sollevato un minuscolo parallelepipedo fasciato dalla stagnola. «Qualcuno sa che cosa sono?»

«Dadi italiani», disse Antonia in tono deliziato.

«Sono più interessanti del sale», spiegò Lillian, «molto simili ai nostri dadi di estratto di carne, ma questo tipo è leggermente diverso.» Tolse l'involucro di stagnola e depose sulla mano di Tom il piccolo solido di un marrone dorato.

Era morbido e quasi oleoso, contrariamente ai duri dadi di estratto di carne che avevano insaporito le zuppe dell'infanzia di Tom; questo si sbriciolò agevolmente, lasciandogli dell'olio sulle scanalature dei polpastrelli quando lui mise i pezzetti nella padella. Lillian mescolò con un cucchiaio di legno e l'olio cambiò consistenza, simile a sabbia liquida.

«È ora di aggiungere le cipolle», lo istruì. Tom le prese e le lasciò cadere piano piano nella padella. Il profumo si levò fino a raggiungergli il viso; lui fece per ritrarsi, poi si piegò in avanti e inspirò: pane e vigneti, tiepidi nel sole.

Lillian gli mise in mano il cucchiaio di legno e gli indicò la padella. Lui osservò i pezzetti in movimento mentre, da bianchi, cominciavano a diventare trasparenti, le loro forme rigide che si scioglievano. Mescolò, aspettando istruzioni da Lillian quando le cipolle presero ad assorbire il liquido circostante, scomparendo quasi nel colore dell'olio. Lei si piegò in avanti per aggiungere l'aglio, ma continuò a non parlare. Alla fine, quando l'aglio si fu ammorbidito ma prima che i bordi cominciassero ad arricciarsi, Tom allungò una mano e tolse la padella dal fuoco.

«Perfetto», mormorò lei. Gli allievi emisero un piccolo sospiro di sollievo collettivo.

«Ora aggiungeremo la carne. Potete provarne varietà diverse», aggiunse, voltandosi verso di loro, «a seconda del vostro stato d'animo. Stavolta useremo la salsiccia.» Ondate di finocchio e pepe, e il profumo di carne rossa sfrigolante, si diffusero nell'aria.

«Inspirate», disse Lillian. «Ora l'aria è diversa. Se desiderate un piatto più leggero potete preparare questo sugo utilizzando melanzane invece della carne. Oppure una versione estiva, solo con olio d'oliva, aglio, pomodori freschi e basilico fresco, cotti per un minuto o due. Ma talvolta, soprattutto in autunno e inverno, è piacevole avere un po' più di intensità.»

Prima di baciarla, Tom aveva avuto l'impressione che Charlie abitasse in ogni suo pensiero. In seguito aveva cambiato idea. Era quasi umiliante il modo in cui l'idea di fare l'amore con lei assorbiva tutte le sue riflessioni. Aveva cominciato a portarsi al lavoro uno spazzolino da denti, pur sapendo benissimo che la ragazza non nutriva una particolare passione per il gusto della menta antiplacca.

«Santo cielo, hai rinunciato a giurisprudenza per odontoiatria?» gli aveva chiesto.

Ma lui non riusciva a farne a meno. Le sue labbra, avendo toccato il braccio e la bocca di Charlie, volevano spaziare, e laddove non potevano spingersi le labbra andava la mente. Uova fritte dimenticate nella padella diventavano dure come mattoni, mentre Tom gettava patatine sulla griglia e buttava bistecche nella friggitrice.

«Charlie, per l'amor di Dio», aveva gridato il lavapiatti, esasperato, «vuoi dargli una chance, per favore, prima che l'intero locale venga divorato dalle fiamme?»

Lei era tornata alla postazione di Tom. Aveva osservato il caos sulla griglia.

«Cena, da me. Stasera», aveva detto, poi aveva attraversato la cucina fino alla porta sul retro e timbrato il cartellino in uscita. Gli aiutocuochi erano esplosi in un grido di esultanza.

Charlie viveva in un cottage azzurro e arancione a due case di distanza dall'oceano. La vernice aveva ceduto la maggior parte del suo colore al vento e al sole, ormai da anni; margherite e gladioli crescevano con casuale profusione, spargendo petali sul vialetto d'accesso coperto di ghiaia. Al suo arrivo, Tom trovò la porta d'ingresso aperta e riuscì a vedere che l'interno della casetta era minuscolo, con un futon che durante il giorno fungeva da divano del soggiorno, e un cucinotto abbastanza ampio per ospitare soltanto un unico cuoco snello. Charlie era ferma accanto alla stufa, il cucchiaio di legno stretto in mano. Lui sentì odore di vino, burro e aglio.

«Sapevo che saresti arrivato puntuale», disse lei. La pelle sotto il suo orecchio risultò tiepida contro le labbra di Tom. Charlie sorrise e indicò con un cenno del capo il piano di lavoro, dove lui vide una ciotola blu straripante di pezzi di melone e un servizio di piatti di un bianco brillante. «Puoi portarli fuori sul patio.»

Tom piegò la testa mentre usciva dalla porta posteriore e si ritrovò sotto un graticcio greve di rampicanti verdi e di fiori di un viola intenso, la luce del sole del tardo pomeriggio che filtrava attraverso le foglie. Sotto i suoi piedi c'era un patio di vecchi mattoni che si spostarono con il suo peso, tintinnando fiocamente mentre lui raggiungeva il tavolo di metallo verde e posava ciotola e piatti accanto a un cestino di pane. Raddrizzò la schiena, la testa che sfiorava le foglie, e inspirò il profumo dolce-speziato del glicine. All'improvviso tutto parve due volte più tranquillo di quanto lui avesse mai creduto possibile.

«Vino?» chiese Charlie, raggiungendolo da dietro e passandogli un bicchiere. Il vino era freddo e limpido e sapeva di fiori e neve. «Adoro questo patio. È il motivo per cui ho affittato la casa, in realtà.»

Rientrò in cucina e tornò con un piatto coperto di fettine sottili come foglie.

«Prosciutto», spiegò agli occhi interrogativi di Tom. «Con il melone. Vedrai.»

Si sedettero al minuscolo tavolino, le punte dei piedi che si toccavano mentre lei gli serviva una cucchiaiata di pezzi di melone gocciolanti.

«Prima assaggia il melone», gli consigliò. «C'è un tizio al banco della frutta che mi tiene da parte le cose migliori.» Scoppiò a ridere quando vide l'espressione di Tom. «È vecchio, molto vecchio. E ama i suoi meloni come dei figli. Sei fortunato, questo è il periodo dell'anno in cui sono più squisiti. E quelli di Angelo... be'...»

Tom ne infilzò un pezzo con la forchetta e se lo mise in bocca. Il gusto gli sbocciò sulla lingua come un fiore, vellutato e dolce. Cominciò a parlare, poi si interruppe, trattenendo il sapore mentre si dissolveva in succo.

Charlie lo guardò. «Ora proveremo un po' di prosciutto, insieme al melone.» Prese un pezzo di frutto tra le dita, lo avvolse in una fetta traslucida di affettato rosa e gli indicò di aprire la bocca. Il prosciutto fu un sussurro di sale contro il melone denso e dolce. Lo fece pensare all'estate in un paese caldo, alla pelle levigata nella curva tra il pollice forte e l'indice di Charlie. Il vino, in seguito, risultò tonificante, come risalire in superficie per respirare. Mangiarono lentamente, poi ancora più lentamente, finché la ciotola non fu vuota.

«Dammi un minuto», disse lei. Rimase in piedi, posandogli per un attimo la mano sulla spalla, mentre si dirigeva in cucina. «Torno subito.» Tom restò seduto, ascoltando i suoni di Charlie che si aggirava per la casa: il frastuono di un coperchio di pentola deposto nel lavandino, un frigorifero che veniva aperto, gusci di molluschi che tintinnavano in una pentola. Dalla sala da pranzo giungeva della musica, una donna che lui non aveva mai sentito prima in una lingua a lui sconosciuta. Charlie canticchiava a bocca chiusa; attraverso la porta posteriore aperta Tom intravide una mano, il retro del suo tallone mentre lei si spostava dal lavello alla cucina a gas. Rammentò, come se risalisse a molto tempo prima, un'epoca in cui il mondo era sconfinato; adesso, invece, gli sembrava di poterlo infilare tutto in uno spazio estremamente angusto: un ristorante, una casa, un tavolo, l'orlo della gonna di Charlie mentre le sfiorava la caviglia.

«Spaghetti ai frutti di mare», annunciò lei in italiano, uscendo dalla porta.

Nella grande e larga zuppiera blu, volute di spaghetti sottili zigzagavano tra gusci di molluschi di un nero intenso e pezzetti di pomodoro rosso.

«Prima fai un bel respiro», gli consigliò Charlie. «Occhi chiusi.» Il vapore si levava dalla pasta come oceano trasformato in aria.

«Cozze, vongole», disse lui, «aglio, naturalmente, e pomodori. Peperoncino. Burro, vino, olio.»

«Ancora uno», lo sollecitò lei.

Lui si piegò in avanti: sentì l'odore di pendii soleggiati, terreno caldo, mura di pietra. «Origano», aggiunse, riaprendo gli occhi. Charlie sorrise e gli passò una forchettata di pasta.

Dopo la dolcezza del melone il gusto risultò colmo di

esplosioni scarlatte e punte di peperoncino piccante che gli sfrecciavano sulla lingua; sotto, come una mano stabilizzante, un cuscino salmastro di vongole, il morbido velluto dell'origano, e pasta tiepida come sabbia su una spiaggia.

Mangiarono. Un boccone dopo l'altro, un piatto dopo l'altro. Parlarono dell'infanzia: Charlie era originaria della costa occidentale, Tom di quella orientale; lei si era rotta tre ossa cadendo dalla bicicletta, lui il naso quando il fratello maggiore stava imparando a lanciare la palla da baseball. Quando la zuppiera fu vuota, intinsero dei pezzi di pane nel sugo rimasto sul fondo e se li portarono gocciolanti alla bocca. La luce che filtrava dalle foglie si affievolì e scomparve, e loro rimasero con la candela al centro del tavolo, il chiarore proveniente dalla porta posteriore, semiaperta.

«Ora il dessert», dichiarò Charlie, ed entrò in casa, tornando con un vassoietto di dolcetti cosparsi di cannella e due tazzine di denso caffè scuro. Mangiarono e bevvero, adesso più tranquillamente, osservando l'uno i movimenti delle mani, degli occhi dell'altra.

«Sai», commentò lei, bevendo un ultimo sorso di caffè. «Ho conosciuto un sacco di ragazzi che vedono il sesso come il dessert: il premio che ottieni dopo avere mangiato tutte le verdure che fanno felici le donne.

«Io penso di avere una visione leggermente diversa della cosa», aggiunse in tono cogitabondo. «Penso che il sesso dovrebbe somigliare a una cena. Ed è così che mi piace mangiare.»

«La carne è cotta», annunciò Lillian, sfilando il cucchiaio di legno dalla mano inerte di Tom e facendogli descrivere un ampio cerchio lungo i lati della padella, spostando la salsiccia al centro, dove prese a fumare e sobbollire.

«Ora siamo pronti per il passo seguente. Ma prima un piccolo trucco. Il ragù ama il vino rosso. Se mettiamo il vino adesso, però, la carne assumerà un gusto acidulo, quindi aggiungeremo un po' di latte.» Versò nel miscuglio quella che parve un'enorme quantità di liquido. «So che sembra strano, ma fidatevi di me.»

Tom abbassò lo sguardo sulla padella. Era strano, il bianco all'inizio vorticava intorno alla carne, ritraendosi davanti all'olio come una bambina schizzinosa che non voglia sporcarsi le mani. Ma poi vide il latte iniziare a penetrare nella carne, trasformandone il colore in un grigio quasi cenere, smussandone le asperità.

«Lasceremo sobbollire finché il latte non viene assorbito completamente», commentò Lillian. «Lo so», ammise, «ci vuole un sacco di tempo. Mentre aspettate potreste rispondere a tre e-mail. Potreste telefonare a un amico, cominciare a fare il bucato. Ma stasera il tempo non esiste, quindi non abbiamo bisogno di preoccuparci del fatto di sprecarlo. Potete semplicemente restare seduti e lasciar dipanare i pensieri. E sarete felici di averlo fatto, perché il tempo trasformerà il gusto in qualcosa di levigato; la differenza tra poliestere e velluto.»

Tom era rimasto nel ristorante solo fino al termine dell'estate, guadagnando il necessario per pagarsi parte degli studi di giurisprudenza. Voleva che anche Charlie si licenziasse per tornare all'università, ma lei aveva rifiutato. Il proprietario del ristorante aveva cambiato filosofia, forse spronato dai pasti che la ragazza continuava a lasciargli sulla scrivania, e le aveva offerto il posto di Tom quando aveva scoperto che quest'ultimo intendeva tornare alla facoltà di legge, in autunno.

«Ma vuoi lavorare qui per tutta la vita?» le chiese Tom quando lei gli diede la notizia.

Charlie lo guardò, delusa. «Voglio cucinare», rispose, «e questo è l'unico ristorante in città, se non conti la bottega di *fish and chips*.»

«E la tua laurea in letteratura?» insistette lui, esaltato dalla prima settimana di ritorno alle lezioni. «Non vuoi fare qualcosa di duraturo?»

Lei lo fissò e scosse il capo. «La poesia non è affatto diversa dal cibo, Tom. Noi esseri umani vogliamo fare certe cose, e queste cose penetrano dentro di noi, che ce ne rendiamo conto o meno. Forse la tua mente non ricorderà cosa ho cucinato la settimana scorsa, ma il tuo corpo sicuramente sì.

«E sono ormai convinta», aggiunse con un sorriso malizioso, «che il nostro corpo sia molto più intelligente del nostro cervello.»

Era sempre stato impossibile contraddire Charlie, forse perché non le importava che si fosse d'accordo con lei o meno. Amava Tom, lo sapeva, e sapeva che lui amava lei.

«Perché io?» le chiese Tom, guardandola in faccia, da sotto, attraverso la cascata dei suoi capelli che ricadeva tutt'intorno a loro.

«Tu sei l'origano», rispose semplicemente lei.

«Adesso possiamo aggiungere il vino», spiegò Lillian. Il latte era scomparso, assorbito dalla salsiccia. «Tom, puoi prendere una bottiglia di rosso dalla mensola del cuoco?» Si rivolse agli altri allievi. «Ora, potrebbe anche non sembrare importante quale vino finisca nel ragù, visto che dovrà comunque sobbollire molto a lungo. Ma noterete la differenza, se fate attenzione agli ingredienti. È meglio non lesinare sul vino, anche se finisce in un sugo, e ce ne serve uno che sia in grado di tenere testa alla carne: qualcosa di marcato, pieno e intenso.»

Tom tornò con una bottiglia e gliela porse con sguardo interrogativo. Lillian la stappò e inalò, poi sorrise.

«Proprio quello che ci vuole», disse.

Charlie li chiamava «vini della mamma», in onore delle matrone che avevano conosciuto in Italia durante la luna di miele, un ambizioso tour di due settimane, che festeggiava il nuovo impiego di Tom presso uno studio legale da grande città e la chance, per Charlie, di cucinare in un ristorante con la R maiuscola. Il piano prevedeva che iniziassero da Roma per poi passare a Firenze, lago di Como, Venezia. Ma

Charlie aveva preferito fermarsi nell'agriturismo a quarantacinque minuti da Roma.

«Assaggia questa pasta», aveva detto durante la cena al lungo tavolone di legno. «Non ce ne andremo di qui finché non sarò capace di prepararla.»

Le linguine portarono ai ravioli, seguiti dai cannelloni e dalla caponata. La cittadina era piccola e bruttina, cosa che Tom aveva creduto impossibile, in Italia. La sua funzione primaria sembrava quella di servire come base notturna per turisti lenti in viaggio da Roma a Firenze. Gli edifici erano successivi alla seconda guerra mondiale, fatti di cemento e intonaco, non un arco, non un affresco, non un Caravaggio poco noto da scovare. Quando Tom cercò di spiegarglielo, Charlie si limitò a sorridere e lo esortò ad andarsi a cercare un villaggio in collina dove potere assaggiare del vino o altro.

«Io ho tutto quello che mi serve», diceva sempre, per poi aggiungere con un sorriso, «almeno per la mattinata.» E si dirigeva verso la cucina, dove veniva accolta da un coro di «La bella americana si è alzata dal letto, finalmente», che provocava risate maliziose nell'intera stanza.

Tom prese l'abitudine di tornare per mangiare alla lunga tavola sotto gli alberi e dopo pranzo, quando la fattoria si adagiava in una profonda quiete, Charlie gli rotolava languidamente tra le braccia, i suoi capelli un dedalo perennemente mutevole di profumi: finocchio, noce moscata, sale marino. Ore più tardi, lo lasciava e raggiungeva le donne, per poi ricominciare da capo a cena.

«Potrebbe toccarti una luna di miele peggiore», lo rimproverava, facendogli l'occhiolino. «A quest'ora potrei essere intenta a saccheggiare vecchi archivi alla ricerca di oscure poesie...»

A lui non importava, si rese conto Tom. Non gli importò quando le prenotazioni, effettuate così meticolosamente sei mesi prima, scivolarono via, e con le loro visioni di un duomo color terracotta, un cappuccino sormontato di schiuma in un caffè in riva al lago, un Canal Grande. In occasione di ogni pranzo, di ogni cena, tornava da una donna che sembrava attirare nel proprio corpo l'essenza stessa del cibo che stava imparando a cucinare, divenendo più profonda, complessa ed eccitante.

Dopo due settimane se ne andarono da lì per tornare a Roma. Charlie passò tutto il volo di ritorno a scribacchiare progetti vari, appunti per ricette dei ravioli, su pezzi di carta. «Cosa ne diresti se provassi il bourbon nel ripieno?» gli chiedeva. «L'Italia incontra il Profondo Sud americano.»

Una volta a casa trovò lavoro in un ristorante, e nel giro di poche settimane i suoi nuovi piatti si erano già inseriti nel menu. A volte, la sera, al termine della giornata di lavoro Tom raggiungeva il locale per cenare insieme a lei sui gradini davanti alla porta sul retro; altre, invece, entrambi sapevano in anticipo che sarebbe andato semplicemente a casa. Apriva la porta d'ingresso accolto dal profumo di sugo sul fornello. Accanto alla pentola c'era sempre un messaggio.

Ciao tesoro,
lavoro fino a tardi, quindi dovrai utilizzare quelle tue belle manine in un'occupazione proficua, una volta tanto. Cuoci la pasta. Non chiedere cosa c'è nel sugo. Vedremo più tardi se ha avuto il particolare effetto cui miravo.
Ti amo,
Charlie

«Potreste rimanere seduti qui per tutta la sera a osservare la carne che assorbe il vino», commentò Lillian. «È incredibile a cosa finirete per pensare. Tettonica a placche. Un bimbo sul vostro grembo. Crochi. Per il momento, tuttavia, aggiungeremo i pomodori e passeremo alla pasta. Dunque, ci servono alcuni pomodori per dare consistenza al sugo. Potreste anche usare una scatoletta di polpa, ma se volete assicurarvi di avere davvero il meglio, comprateli interi e schiacciateli voi. Anche in questo caso, altro tempo.» Aprì una scatola di pelati interi e prese un robot da cucina dalle mensole sotto il piano di lavoro. Vi versò i pomodori; la macchina ronzò e poi si fermò. Lillian ne rovesciò il contenuto nella padella.

«Infine, un po' di salsa di pomodoro per addensare il tutto.» Aprì una scatoletta e versò un poco di salsa nella padella. «Ecco. Per qualche minuto il ragù può cavarsela da solo», annunciò, abbassando il fuoco.

«Ora occupiamoci della pasta.» Prese un grosso barattolo di farina e lo posò sul piano di lavoro.

«Potreste utilizzare la pasta già pronta, funzionerebbe a meraviglia. Ma stasera abbiamo tempo. Quindi procedi pure, versa qui una parte di farina», disse a Tom. «Poi disponila a fontana, creando un avvallamento al centro. Usa le mani.»

Tom infilò una mano nell'ampia imboccatura del vaso di vetro e sentì la farina tra le dita, soffice come piume. Mise la mano a coppa e ne estrasse una manciata, poi un'altra e un'altra ancora, formando una montagnola sul piano di legno. Ricavò un incavo al centro, passando la base del pollice lungo i bordi per lisciarli, sentendo la farina spostarsi sotto i polpastrelli; lo fece ripensare a quando giocava sulla spiaggia, alle ore passate con il sole sulla schiena e agli ettari di sabbia a sua disposizione.

«Bene.» Lillian raggiunse il frigorifero e tornò con una ciotolina di uova. Ne ruppe una sulla farina disposta a fontana. «Aggiungiamo le uova uno alla volta finché non sembra che ve ne siano a sufficienza», spiegò. «Tom, tu puoi mescolare con una forchetta, per assicurarti che non rimangano grumi.»

Era stato Tom a trovare il nodulo, accoccolato come una biglia alla base del seno di Charlie. Il suo respiro, accelerato per tenere il passo con la sua eccitazione, si bloccò di colpo. Fu come svegliarsi con una pistola puntata dritta in faccia; il mondo si immobilizzò.

«Ehi, dove sei finito?» gli aveva chiesto scherzosamente Charlie.

Lui si era tirato su, avvicinandosi ancora di più a lei, le labbra contro la linea del mento di Charlie. Le aveva preso la mano e le aveva guidato le dita fino al nodulo. Poi aveva tirato indietro la testa ed era caduto dentro lo sguardo degli occhi di lei.

«Basta così», disse Lillian, togliendogli di mano la forchetta. «Ora lavoriamo l'impasto. Pensate alle vostre mani come a onde che entrino ed escano dall'oceano. Ripiegate l'impasto su sé stesso, poi premetelo delicatamente con la base carnosa del palmo, piegatelo e premete di nuovo, come a farlo diventare parte di voi. Potreste usare l'apposito uncino sul vostro mixer, volendo, ma vi perdereste qualcosa. Impastare è come nuotare o camminare: tiene impegnata una parte della vostra mente e permette all'altra di andare dove vuole o deve andare.»

Due settimane dopo la scoperta del nodulo, Tom rincasò dal lavoro in anticipo e sentì delle risate sul retro della casa: quella di Charlie e quella di un uomo che non riconobbe. Entrò in cucina e vide la moglie seduta al tavolo, la camicetta aperta, i seni che ricadevano in avanti senza che nulla li trattenesse. Aveva la testa inclinata all'indietro, la risata che sgorgava da lei come fiori. Ai suoi piedi era inginocchiato un uomo che lui non aveva mai visto.

«Cosa...» Tom si immobilizzò, senza capire.

«Tom», disse Charlie, sorridendogli, «ti presento Remy. Mi sta aiutando con un piccolo progetto.»

Guardò l'espressione del marito e rise sommessamente. «Remy è un artigiano del vetro, Tom. Stiamo per fare un calco dei miei seni. Remy mi farà un paio di bicchieri da vino. Uno per me e uno per te; non abbiamo mai avuto una distribuzione così equa, prima.» Stava ancora ridendo, ma i suoi occhi fissavano quelli di lui, aspettando comprensione.

Tom guardò la moglie e l'uomo sul pavimento, le mani messe a coppa sui seni di lei. Le parole di Charlie gli caddero tutt'intorno e lui si accorse che non aveva modo di trovare un senso nelle informazioni che stava ricevendo.

Lei lo guardò, inspirò, e la risata le si dileguò dal viso come polvere dinnanzi a una scopa. «Tom, sappiamo entrambi cosa diranno i dottori domani. Mi asporteranno i seni. Non mi importa, possono prenderseli, ma voglio qualcosa.» Scosse il capo. «Qualcosa da potere tenere in mano. Capisci?»

Tom guardò la donna che amava e l'uomo inginocchiato sul pavimento. Si avvicinò e posò delicatamente la mano sulla spalla di Remy, poi si piegò a baciare la moglie.

Nel corso dei mesi seguenti il mondo si trasformò in qualcosa di angusto e terrificante, con un linguaggio fatto di terminologia e statistiche, prognosi e teorie scientificamente provate, anche se lui pensava spesso che fossero più degne di fede le convinzioni di Charlie riguardo a lievito o spezie. Si scoprì a rimpiangere giorni di liste della spesa e clienti difficili, cose di cui potevi lamentarti perché sapevi che alla fine sarebbero scomparse.

Una sera tornando a casa dal lavoro trovò la cucina deserta, la porta del giardino sul retro aperta. All'inizio non riuscì a vedere Charlie, ma poi notò la delicata oscillazione dell'amaca, il lieve movimento sotto gli alberi di melo. Mentre scendeva i gradini riuscì a distinguere il profilo della moglie, i suoi zigomi, appuntiti nella luce, i due-tre centimetri di capelli che stavano cominciando a ricrescerle sul cranio. Si era preoccupata del suo aspetto, lei che era stata oggetto di così tante occhiate di apprezzamento, eppure, con la perdita dei capelli e dei seni e di tutti quei chili la sua bellezza non si era modificata quanto piuttosto distillata, accentuata: talmente pura e personale che talvolta lui aveva l'impressione di dovere chiedere il permesso di guardarla.

«Sai», disse Charlie, «uno dei vantaggi imprevisti dei seni prosperosi è che danno origine a bicchieri belli grandi.» Alzò il suo, uno dei due fatti da Remy.

«Charlie, è saggio che tu...?» Lei si voltò a guardarlo e l'espressione nei suoi occhi lo zittì.

«È una bella serata, non trovi?» chiese. «Si merita un buon rosso.»

«Charlie...» Tom aspettò, tenendosi aggrappato all'aria nei suoi polmoni, sapendo che con il respiro successivo tutto sarebbe cambiato.

«La nuova infermiera», ribatté lei, bevendo un lungo, meditabondo sorso di vino, «voleva essere sicura di fare bene il suo lavoro: ha pensato che io preferissi conoscere i risultati dei test di laboratorio oggi stesso, invece di aspettare l'appuntamento con il medico.»

«Ma pensavo che...»

«A quanto pare non è così», disse lei, scuotendo leggermente il capo. «Vuoi del vino? Te ne ho tenuto da parte un po'.»

Cambiò posizione, facendogli posto sull'amaca. Tom vi salì, Charlie teneva il bicchiere ben alto sopra la testa per ridurre al minimo il movimento del vino. Rimasero sdraiati, guardandosi dai due capi opposti dell'amaca. Nel giardino regnava la quiete, il rumore del traffico in strada e i suoni prodotti dai vicini che stavano rincasando avviluppavano lo spazio come una coperta.

«Sai», riprese lei dopo un po', appoggiandogli il viso sulla gamba, «ogni sera le persone venivano nel mio ristorante e io le guardavo mangiare il mio cibo. Si rilassavano, chiacchieravano, si ricordavano veramente chi erano. Forse tornavano a casa e facevano l'amore. Tutto quello che so è che ero parte della cosa. Ero parte di loro. Una parte molto quieta.» Sorrise. «Ma comincio a pensare che la quiete presenti degli indubbi vantaggi.»

Lui la guardò, in fondo all'amaca. Charlie se ne stava già andando, un pezzetto alla volta. Tom avrebbe voluto tendere le braccia verso di lei, attirarla a sé, ma lo sguardo fermo e tranquillo nei suoi occhi lo bloccò.

«Non prenderanno nient'altro di te», disse. «Non lo permetterò.»

«Mio dolce avvocato», ribatté Charlie, la voce profonda e lenta come il fondo di un fiume, «dubito che tu abbia alternative.» Si interruppe per bere un altro sorso di vino. «Tutti noi non siamo che ingredienti, Tom. L'importante è la grazia con cui cucini il pasto.»

«Quando l'impasto è pronto», disse Lillian, «lo stendiamo e lo tagliamo in striscioline lunghe e sottili. Esistono apposite macchine, provatele, se lo desiderate. Oppure trovatevi un lungo matterello di legno, un coltello affilato e una bella sedia alta su cui stendere le striscioline. Non avranno tutte lo stesso aspetto, e va benissimo così. L'importante sono le vostre mani.»

Nel corso delle settimane Charlie stava scomparendo, costantemente come acqua che evapori da un bollitore. "Quando la guardi, l'acqua non bolle mai", pensò Tom, e chiese un permesso per potere restare con lei, gli occhi che non si staccavano mai dalle curve sempre più profonde del viso di Charlie, la punta delle dita posata accanto a quelle di lei la cui pelle non riusciva più neanche a tollerarne il tocco.

«Non è il colmo?» chiese Charlie, con il suo lento, fermo sorriso. «Proprio quando avresti più voglia di scoparmi...»

E lui non poteva dirle che era vero, che avrebbe voluto farlo, che avrebbe voluto prendere qualunque cosa restasse di lei. Invece si incaricò di qualsiasi parte dell'accudimento che richiedesse il contatto fisico, lavandola quando lei non riuscì più a reggersi in piedi nella doccia, massaggiandole piedi e gambe e mani con la lozione quando i medicinali le disidratavano la pelle, rasandole i capelli quando superavano il limite di due centimetri che si era imposta.

«Dannazione, Tom», diceva Charlie, «non voglio preoccuparmi anche dei capelli. Credi che davvero la gente non capirà che sono malata?»

E lui imparò a cucinare, qualsiasi cosa la moglie potesse mangiare, aggiungendo le spezie sottili e delicate che davano sapore senza però intaccarle la già devastata parete dello stomaco.

«Promettimi che continuerai a cucinare, quando non ci sarò più.» La voce di Charlie era insistente.

«Mangerò», ribatteva lui, frustrato. «Non preoccuparti per me.»

«Non solo mangiare», lo correggeva lei. «Cucinare.»

Alla fine, non parlarono nemmeno più del cibo. La casa perse i suoi profumi tipici e Charlie prese a vivere solo di aria e acqua, immergendosi a fondo nella propria mente per periodi sempre più lunghi, tornando indietro solo per scrutare dentro di lui, come se i suoi occhi potessero dirgli tutto ciò che aveva visto mentre era via. Poi, un giorno, incrociò il suo sguardo, si tuffò e scomparve. Tom rimase indietro, in un vuoto stupefacente, circondato da cataste di medicinali e bende inutili, conservando solo la sensazione, incassata profondamente nelle sue ossa, nel cervello, nel cuore, che, per quanto Charlie gli avesse ripetuto più volte che non si trattava di vincere o meno, lui aveva perso.

Dopo le settimane e i mesi di costante osservazione, di vita sospesa nel pozzo senza fondo della malattia di Charlie, il mondo pareva assurdamente pragmatico. C'erano conti da pagare, un prato da tosare, bucato che odorava solo di sudore e della cena cotta al microonde la sera prima. Le telefonate in entrata tornarono a essere disinvolti controlli da parte degli amici: Tom non era più la fonte di tetri aggiornamenti. I pasti consegnati a mano da vicine servizievoli si diradarono fino a scomparire. Andava in drogheria senza chiedersi se lei sarebbe stata ancora là, al suo ritorno, lo scombussolamento nel suo stomaco sostituito da un dolore più certo e più profondo. Charlie non era da nessuna parte ed era ovunque, e lui non riusciva a smettere di cercare.

Le uniche persone che volessero davvero parlare della morte di Charlie erano i fornitori di servizi e le agenzie governative, che esigevano delle prove concrete, stampate nero su bianco. Tom divenne il dispensatore di certificati di morte, inviando missive di mortalità a gestori di servizi telefonici, compagnie di carte di credito, istituti di polizze sulla vita e assicurazioni sanitarie, motorizzazioni e previdenze sociali. Era incredibile, pensò, quante persone volessero sapere, con sicurezza, che eri deceduto.

Charlie era stata chiara, sul fatto di non volere essere sepolta. «No, a meno che tu non riesca a trasformarmi in compost», gli aveva detto risoluta, per poi spiegargli cosa desiderava. Così, una sera, alcuni amici si riunirono e cenarono sulla spiaggia che lei tanto amava: fettine di cantalupo dell'anziano fruttivendolo che pianse quando apprese la notizia, pesce fresco marinato in olio d'oliva e dragoncello e cotto alla griglia su un fuoco in riva al mare, pezzi di pane dalla crosta spessa comprato nella panetteria preferita di Charlie in città, una torta di spezie che Tom preparò su ricetta di Charlie. In seguito lanciarono le sue ceneri nell'acqua, descrivendo ampi archi. Quello che soltanto Tom sapeva era che ognuno di loro portò a casa con sé un minuscolo frammento di lei, impastato nella torta che avevano mangiato.

In seguito, smise di parlare. Fu come se tutte quelle conversazioni, quelle difficili quando lei era viva e quelle prosaiche dopo la sua morte, avessero esaurito qualsiasi cosa lui avesse mai voluto dire. Era semplicemente troppo faticoso aprire la bocca, pensare a cosa qualcun altro potesse avere il desiderio o il bisogno di sentire. La sua mente era impegnata, anche se Tom non avrebbe saputo dire in cosa.

Quasi nove mesi dopo, in quello che sarebbe stato il giorno del compleanno di Charlie, un amico lo portò a cena nel ristorante di Lillian. «Charlie vorrebbe che tu ti trovassi vicino al cibo, nel giorno del suo compleanno, caro mio», aveva detto, «e Lillian riuscirà a fare venire voglia di mangiare persino a te.»

Era agosto, il fogliame dei ciliegi nel giardino del ristorante era verde e folto. Mentre aspettavano un tavolo, si sedettero sulla veranda, nelle grandi sedie Adirondack, con un bicchiere di vino rosso, ascoltando il brusio della conversazione intorno a loro, il tintinnio di posate d'argento che giungeva dalle finestre aperte della sala da pranzo.

Tom sentì la mente rallentare e placarsi nella serenità del giardino circostante.

Quando furono finalmente accompagnati al tavolo nella sala da pranzo dai pannelli di legno, una cameriera li raggiunse per dare loro il benvenuto.

«Stasera abbiamo un magnifico piatto speciale di frutti di mare», annunciò. «Oggi Lillian ha trovato al mercato cozze e vongole splendide e le serve su capelli d'angelo fatti a mano in una salsa di burro, aglio e vino, con giusto un pizzico di peperoncino e...» Si interruppe, innervosita dalla propria smemoratezza.

«Origano», disse quietamente Tom.

«Esatto», ribatté lei, sollevata. «Grazie. Come faceva a saperlo?»

«Ho tirato a indovinare», rispose lui, alzando il bicchiere in un brindisi silenzioso. Abbassò gli occhi sul tavolo, concentrandosi sulla trama della tovaglia di lino, la curva dell'impugnatura della sua forchetta, le linee del vetro intagliato della ciotolina rotonda piena di sale marino e finocchio.

Poi notò un cartoncino ripiegato, color cioccolato, seminascosto dietro la ciotolina del sale. Lo prese e lesse la scritta color crema che solcava sinuosa la superficie.

Siamo lieti di annunciare
la nuova sessione della
Scuola degli ingredienti segreti

«Siamo pronti», annunciò Lillian girando la testa, mentre travasava la pasta dall'enorme pentola in un colapasta. «Ora ci servono solo i piatti.»

Mentre lei trasferiva le tagliatelle fumanti in una pesante zuppiera di ceramica, gli allievi si alzarono obbedienti e raggiunsero le mensole, passando le fondine di mano in mano come una brigata di vigili del fuoco. Si allinearono davanti al piano di lavoro, dandosi gomitate scherzose. Lillian portò la grande zuppiera blu e cominciò a deporre una porzione di pastasciutta su ogni piatto.

«Tom», disse, voltandosi verso di lui, «fai tu gli onori con il ragù. È opera tua, dopo tutto.» Rimase a guardare mentre lui depositava la prima, profumata cucchiaiata rossa su un letto di pasta di un giallo cremoso. Quando tutti furono serviti, si accomodarono a gruppetti sulle sedie, chiacchierando amichevolmente prima di mangiare il primo boccone, dopo di che la stanza si dissolse in un silenzio rotto solo dal tintinnio delle forchette contro le fondine e dal saltuario sospiro di soddisfazione.

«Guarda cosa hai fatto», commentò quietamente Lillian, in piedi accanto a Tom e al piano di lavoro.

«La mangeranno», ribatté lui, «dopo di che scomparirà.»

«È proprio questo che la rende un dono», replicò Lillian.

Chloe

Chloe aveva conosciuto Jake nel bar-ristorante dove aveva ottenuto il suo primo impiego, ovvero sparecchiare i tavoli. Non era quello che si era ripromessa di fare nella vita, ma quando ti sei appena diplomato e non sapresti come pagare il college persino se tuo padre credesse nella tua possibilità di entrarvi, sparecchiare tavoli può sembrare un'opzione valida. A meno che non si abbia la tendenza a fare cadere le cose, come nel caso di Chloe.

Era seduta sul gradino davanti alla porta posteriore del ristorante e stava piangendo, quando aveva sentito qualcuno mettersi accanto a lei e captato un odore di carne appena tolta dalla griglia.

«Ho pensato che potessi avere bisogno di questo», disse Jake, passandole un hamburger. Chloe lo fissò. Jake era alto, con quella grazia da gatto nero che è prerogativa dei cuochi addetti alla griglia e degli atleti del liceo, e riccioli intricati gli scendevano pigramente lungo il collo, fino al colletto. In qualità di cuoco avrebbe dovuto portare una retina per capelli, ma la gente non diceva cose del genere a Jake. Lui era la star del locale, tutte le cameriere speravano che staccasse la loro ordinazione dall'apposita piccola rastrelliera girevole, non solo perché era bellissimo ma perché era capace di preparare a tempo di record quattro hamburger, un panino al pesce, una *Caesar salad* e una pasta alle vongole per il tavolo da sette di cui ti eri completamente scordata finché i commensali non ti avevano afferrato il gomito per chiedere dove fosse il loro cibo, minacciando di andarsene se non fosse arrivato entro cinque minuti. Con Jake sapevi che dopo quattro minuti e mezzo saresti stata là con tutti quei piatti in equilibrio sul braccio come ballerini di conga allineati, sorridendo come se Dio ti avesse appena benedetto personalmente e guadagnandoti la mancia più generosa della tua vita.

Ma di solito Jake non aveva nulla a che fare con gli addetti alla sparecchiatura. Questi ultimi riportavano in cucina i piatti sporchi, gli avanzi che segnalavano ai cuochi quanto si fosse rivelato buono o cattivo il cibo, quella sera. Per quanto Chloe potesse stabilire, erano semplicemente mani per i cuochi e orecchie per le cameriere che li colmavano con una serie ininterrotta di diatribe aspramente sussurrate.

«Allora, di quale principessa del ballo è colpa, stasera?» chiese lui con un sogghigno.

«Cosa vuoi dire?»

«Qualcuno ti ha fatto piangere. Sono pronto a scommettere su una cameriera.» Vide l'espressione sul viso di Chloe. «Non temere, non lo dirò a nessuno. Hai presente quel muro in cucina che separa i cuochi dalle cameriere? Io non devo assolutamente nulla all'altra parte.»

Lei mangiò un boccone di hamburger. Era buono, e sporcava parecchio. Si pulì la bocca con il dorso della mano. «Cynthia», disse. «Ho rovesciato un bicchiere di vino su uno dei suoi tavoli.»

Quello che non menzionò fu la prolungata disamina, da parte di Cynthia, della sua inettitudine e della sua vita amorosa probabilmente tetra, insieme all'accenno a «levarti quella porcheria nera dagli occhi, già che ci sei».

«Ah, la regina in persona.» Il sorriso di Jake ti raggiungeva di lato, come un'auto che attraversi a tutta birra un incrocio. «Ti basta non sparecchiare i suoi tavoli per un po'. Vedrai che capterà il messaggio.»

Chloe considerò l'ipotesi di discutere della spina dorsale che sarebbe stata necessaria per una simile impresa, ma Jake si stava già alzando.

«È ora di tornare dentro. Anche per te, scommetto. Fermati, alla fine del turno. Alcuni di noi si riuniscono dopo il lavoro.»

Lei annuì, incapace di proferire parola.

Quattro settimane dopo lasciò la casa dei genitori per trasferirsi nell'appartamento di Jake.

Vivere con Jake non era esattamente quello che Chloe si aspettava, anche se non sapeva nemmeno cosa si aspettasse di preciso. Per il primo paio di settimane si sentì lei stessa una principessa del ballo. Quando lui faceva l'ultimo turno portava a casa i piatti della pagina centrale del menu: bistecche, gamberi e pietanze saltate. La svegliava e la imboccava con le dita, facendole nel frattempo cadere addosso della salsa da potere poi leccare via, il che portava a svariate attività che la lasciavano stremata e più incline che mai a farsi sfuggire di mano le cose, inclusa una cascata particolarmente spettacolare di posate d'argento, un giovedì sera.

A fine serata, il direttore la fermò mentre stava lasciando il locale.

«Allora, Chloe», chiese, «come ti vanno le cose?»

Lei poteva anche non avere frequentato il college, ma sapeva riconoscere una domanda retorica.

«Sai, Jake è un mio amico», le disse il direttore in tono consolatorio. «Ti darò delle buone referenze.»

E così ebbero inizio i suoi sei mesi come aiutocameriera al Bombay Grill, al Green Door, al Babushka e al Sartoro's. A ogni transizione sentiva affievolirsi l'entusiasmo di Jake nei suoi confronti, insieme alla propria sicurezza di sé. I festini a letto si diradarono, nel corso dei mesi; ormai lui la svegliava di rado quando rincasava, il che non succedeva sempre. I suoi commenti divennero sempre più sarcastici, sottolineando con regolarità le occasioni in cui lei inciampava o urtava un bicchiere con il gomito.

«Bisogna fartelo notare», disse una volta. «È un'abitudine che devi rompere.»

Chloe cercò di capire se il gioco di parole fosse intenzionale, ma pareva di no.

Fu durante la sua ultima, memorabile sera al Santoro's che Chloe si scontrò con Lillian. Si ritrasse, orripilata, osservando l'acqua dei tre bicchieri che stava portando piombare in un autentico diluvio sulle scarpe della donna, seguita in rapida successione dalle sue scuse.

Lillian sorrise e infilò una mano nella borsetta. Le passò un biglietto da visita color cioccolato su cui spiccavano la scritta «Lillian's» e un numero di telefono, vergati con un'elegante grafia in bianco.

«Non si sa mai», disse, poi scrollò le scarpe e tornò al suo tavolo.

Quando, tre giorni dopo, Chloe digitò il numero di telefono, mortificata ma bisognosa di un nuovo lavoro, fu Lillian a rispondere.

«Sono Chloe, l'aiutocameriera con i bicchieri d'acqua...»

«Sì, Chloe, mi ricordo. Cosa ne diresti di passare di qui lunedì pomeriggio, alle cinque?»

«Vuole offrirmi un lavoro? Ma sono goffa, come ha già avuto occasione di vedere.»

«Non sono così sicura della tua goffaggine.» La voce di Lillian danzò come acqua che scorra sulle rocce. «Comunque non ho detto di volerti assumere, vero? Ci vediamo alle cinque.»

Quando Chloe si presentò al ristorante, quel lunedì, la sala da pranzo era illuminata ma deserta. Salì i quattro gradini davanti all'ingresso, ascoltando il lieve scricchiolio nel legno. Raggiunta la porta bussò, sentendosi un po' sciocca – era un ristorante, dopo tutto –, ma quel posto aveva qualcosa di talmente privato che la sua mano si rifiutava semplicemente di girare il pomolo senza annunciare prima la sua presenza.

Lillian le aprì la porta, invitandola a entrare.

«Benvenuta», disse. «Cosa ne pensi del mio ristorante?»

Chloe osservò i tavoli, rannicchiati negli angoli, le tovaglie di lino bianche e inamidate e pesanti, i massicci candelabri d'argento. Il pavimento di legno sotto i suoi piedi era stato lucidato e levigato dal calpestio; le pareti sopra la *boiserie* erano ornate di piatti dipinti a mano e di incisioni raffiguranti villaggi che sembravano europei, anche se lei non poteva esserne sicura.

«È bellissimo», rispose. «Ma posso chiederle perché mai dovrebbe volermi a lavorare per lei? Qui?»

«Be', diciamo semplicemente che, in base alla mia esperienza, le persone che sembrano distratte sono talvolta fra le più interessanti che si possano mai incontrare.»

«Nessuno aveva mai messo la cosa in questo modo.»

«Tutto dipende da cosa succede quando invece stai attenta.»

«Come pensa di riuscire a farmi cambiare? Insomma, già il mio ragazzo mi urla contro ogni volta che mi cade qualcosa di mano.»

«E questo sistema funziona?»

«Non molto.» Chloe sorrise suo malgrado.

«Allora suppongo che dovremo tentare con qualcos'altro. Sei disposta a provarci?»

«Sì.» La voce di Chloe la sorprese per il suo vigore.

«D'accordo, allora. Voglio che tu ti imprima nella memoria questa stanza, qualsiasi cosa ciò significhi per te. Torno fra cinque minuti.» Lillian varcò la porta della cucina e scomparve.

Chloe rimase a guardare il punto da cui l'altra era uscita, continuando a chiedersi dove fosse il resto del personale, quando potessero arrivare i clienti, come mai non si udisse alcun rumore in cucina.

«A proposito», disse la voce di Lillian dalla cucina, «il lunedì sera siamo chiusi, quindi fai pure con calma. E non avere paura di toccare.»

Chloe osservò il tavolo che aveva davanti, poi abbassò una mano per carezzare la fresca finitura della tovaglia di lino che scendeva lungo i lati. Sollevò il fragile flûte di un bicchiere da prosecco, lo stelo un rametto sottile tra le sue dita, e lo rimise accuratamente al suo posto. Raggiunse il tavolo accanto, ascoltando il suono prodotto dai suoi piedi che scivolavano sull'assito, poi si avvicinò alla finestra per osservare il giardino, rischiarato dalle ultime tracce di luce serale, tanto che le rose sembravano sfavillare e le foglie dei ciliegi assumevano un'affilata definizione. Sollevò quietamente una delle sedie accanto alla finestra e la tirò a sé, poi si sedette, osservando di nuovo la stanza.

Lillian tornò e lei fece per alzarsi.

«No», disse Lillian, «è la cosa giusta da fare. È giusto volere conoscere il posto in cui si lavora.»

«Mi piace, qui», dichiarò Chloe, poi si interruppe.

«Allora starai attenta», ribatté la donna.

«Non so se posso riuscirci. E se rompo qualcosa? Non lo sopporterei.»

«Okay, proviamo questo. Chiudi gli occhi e dirigiti verso la porta della cucina.»

Chloe riuscì a pensare a diversi motivi per cui quella era una delle richieste più discutibili che le avessero mai fatto. Ma Lillian sembrava del tutto indifferente alle centinaia, forse migliaia di dollari che si frapponevano tra la ragazza e la porta della cucina. Così, dopo un minuto, mentre l'altra restava in paziente attesa, Chloe decise che in fondo si trattava della cristalleria e della porcellana di Lillian, chiuse gli occhi e cominciò a fare slittare i piedi sul pavimento di legno, molto, molto lentamente.

«Puoi camminare più in fretta», disse la donna, alla sua destra. «Sai dove stai andando.»

E lei si rese conto che era davvero così. C'era il tavolo da due accanto a Lillian, quello più vicino alla porta d'ingresso ma nei pressi della finestra che guardava sulla veranda e sul giardino che arrivava fino al cancello. C'era il tavolo da quattro alla sua sinistra, al centro della stanza, che avrebbe dovuto risultare esposto ma non lo era perché in quel punto l'illuminazione si faceva più soffusa, e c'era, sì, se lo ricordava, una sedia leggermente scostata dal tavolo, così si avvicinò ancora un po' a quello da due, sentendo le dita correre sulla sommità dello schienale della seggiola e poi nello spazio vuoto in cui si sarebbe aperta la porta d'ingresso. Da lì in poi bastava per lo più proseguire, ma zigzagando leggermente a destra e a sinistra; si rese conto di trovarsi più vicino a un tavolo grazie all'odore di candele e amido, e alle ciotoline di sale misto a spezie che sprigionavano giusto un pizzico di profumo di finocchio nell'aria. Poi si trovò davanti alla porta della cucina.

«Non è una stanza così grande, dopo tutto», commentò Lillian.

«Voglio lavorare qui», disse Chloe, semplicemente. «Non farò cadere niente.»

Fu un paio di mesi dopo che Chloe vide le luci accese nella cucina del ristorante di lunedì sera, mentre vi passava davanti tornando a casa dall'emporio. Il pomeriggio seguente, quando arrivò al lavoro, chiese ragguagli a Lillian.

«È il mio corso di cucina», rispose lei. «Le lezioni si tengono il primo lunedì del mese.»

«Potrei partecipare?»

«Chloe, se vuoi lavorare in cucina posso farti cominciare come aiutocuoco.»

«Non lo voglio come lavoro», spiegò lei, balbettando. «È quello che fa il mio ragazzo. Solo che mi piacerebbe saper cucinare, a volte. Così, quando lui torna dal ristorante, potrei farlo io.»

Lillian annuì. «Capisco. Be', in settembre inizia un nuovo corso. Potresti fare un tentativo.»

«Quanto costa?» domandò Chloe facendo mentalmente i conti. Voleva che fosse una sorpresa, ma non sapeva se poteva permetterselo né quanti turni extra avrebbe potuto aggiungere al proprio orario senza che Jake se ne accorgesse.

«Per ora definiamola semplicemente formazione sul lavoro, d'accordo?»

La prima sera di corso, Chloe si accorse rapidamente di essere almeno dieci anni più giovane di chiunque altro si trovasse nella stanza, il che non servì certo ad attenuare la sua trepidazione. Lillian la vide dal capo opposto della cucina e sorrise, ma non diede segno di volerla presentare agli altri. Raggiunse il lavandino per lavarsi le mani, fermandosi accanto a una donna canuta dall'aria fragile.

«Sei qui con qualcuno?» chiese la donna in tono colloquiale. «Tua madre, magari?»

«No», rispose Chloe, con leggera spavalderia.

L'altra la osservò con aria di approvazione. «Buon per te», disse. «Mi chiamo Isabelle.»

Quella prima sera Chloe non si sentiva sicura di potere uccidere un granchio, ma si ispirò all'esperimento di attraversare la sala da pranzo e chiuse gli occhi. Nello spazio oscurato della mente sentì sotto le dita la vita del crostaceo e ne pianse la fine, semplicemente e intensamente, prima di staccare il guscio con la massima rapidità possibile. Quando mangiò il granchio, più tardi, chiuse di nuovo gli occhi e sentì la vita fluire dentro di lei.

Alla fine della lezione, Lillian le toccò il gomito mentre se ne andava. «Stai imparando, Chloe. Dovresti essere fiera di te.»

Una volta lasciate le lezioni e quanti vi partecipavano, Chloe non osò provare a casa quanto appena imparato, almeno fino alla serata di Tom con la pasta. Lo osservò, osservò la gentilezza sul suo viso mentre lui lavorava, il modo in cui le sue mani toccavano gli ingredienti come fossero il corpo di una persona amata, e decise che quello sarebbe stato il piatto che avrebbe cucinato per Jake, e lui avrebbe visto quel cibo come amore.

Ultimamente era più difficile andare d'accordo con Jake. Benché Chloe si stesse tenendo ben stretto un impiego regolare, le sue critiche non si fermavano mai, mutavano semplicemente bersaglio: i capelli (lei stava pensando di tornare alla sua tinta naturale, lui trovava noioso il castano), gli abiti (non abbastanza seducenti per lui, troppo audaci per il mondo esterno), le idee (inesistenti). A volte aveva come l'impressione che Jake la stesse legando in una palla ben stretta, abbastanza piccola per poterla scagliare lontano da sé.

Le ci volle una settimana per racimolare il coraggio e il denaro necessari per preparare il sugo per la pasta: voleva comprare un vero vino rosso, forte e intenso, ma delicato sul cuore; Lillian aveva detto che il sugo avrebbe seguito l'indicazione del vino. Eppure, dopo tanto rimuginare, fu costretta a chiedere a Lillian di comprarglielo, essendo troppo giovane per farlo personalmente.

«Ho un'idea migliore», dichiarò l'altra. «Vieni con me.»

Contemplarono la rastrelliera di vini del ristorante. «Sai», commentò Lillian con un sorriso mesto, «potrei finire in un sacco di guai, facendo una cosa del genere. Forse, se invece ti regalassi questa, potremmo considerarlo un semplice incoraggiamento culinario.» Prese una delle bottiglie, ripulì l'etichetta e gliela mostrò.

«Per favore, infilalo in fondo a quel tuo zainetto, d'accordo? Mi dispiacerebbe perdere la licenza per gli alcolici.»

Una volta nell'appartamento, Chloe estrasse dalle varie borse il vino e i pomodori in scatola, la carne e i dadi di estratto. L'aglio al supermarket era di un nero polveroso a causa della muffa, così decise di provare con il banco di frutta e verdura fresche. Fuori faceva freddo e la bancarella si trovava quasi a un chilometro di distanza, al capo opposto della cittadina, ma si sentiva piena di energia al pensiero del pasto che avrebbe preparato. Lasciò l'appartamento avvolgendosi una sciarpa intorno al collo e tirandosela su fino al naso, inspirando l'umidità da lei stessa prodotta, il freddo che le solleticava le ciglia.

Raggiunse il banco di prodotti ortofrutticoli, pestando i piedi per riattivare la circolazione, ed entrò nel relativo tepore dello spazio delimitato da teloni. Dopo il freddo esterno pareva un autentico carnevale di vita, cataste di peperoni verdi e mele rosse, arance dal colore sgargiante, carciofi dai bordi spinosi e piccoli kiwi pelosi. Chloe prese l'aglio e poi non riuscì a resistere a un pomodoro tondo e rosso che sembrava appena colto.

Il proprietario le si avvicinò. «Posso aiutarti?» chiese, con lieve diffidenza. C'era un liceo nei paraggi; la bancarella della frutta rappresentava l'ovvia destinazione per un pranzo gratuito.

Chloe, assorta negli abissi scarlatti dell'ortaggio, non colse il monito nella voce dell'uomo e si girò con un sorriso. «Dove ha preso un pomodoro così bello?»

Il viso del proprietario si rilassò. «L'ho coltivato io, in serra», rispose. «Ne porto qui soltanto tre o quattro.»

«Oggi voglio fare un sugo di pomodoro speciale», spiegò Chloe, orgoglio e imbarazzo che le si mescolavano nella voce. Poi vide l'espressione dell'uomo. «Oh, no, questo non lo metterei certo nel sugo.» Cercò il modo di spiegare. «È solo per aiutarmi a ricordare una cosa.»

Il proprietario del banco la osservò con aria di approvazione. «Te lo regalo», disse con un cenno d'assenso. «L'aglio, invece, puoi pagarlo.»

Quando Chloe tornò nell'appartamento, sentì l'odore di carne che cuoceva. Jake era in piedi davanti ai fornelli, una spatola in mano.

«Ehi, grazie di avere fatto la spesa», esclamò. «Gli hamburger saranno pronti fra un paio di minuti.»

«Volevo preparare una pasta...» La ragazza si interruppe.

«Oh, ci vuole troppo tempo.» Lui la vide guardare la bottiglia che teneva in mano. «Un buon vino, piccola, grazie», commentò, bevendone un sorso. «Stai cercando di lisciarmi in vista del giorno di San Valentino?»

Chloe scosse il capo. «Torno subito. Devo fare una cosa.»

«Be', sbrigati, gli hamburger sono quasi pronti.»

Lei scese al pianterreno, uscì e raggiunse il retro dell'edificio. Rimase ferma con la schiena addossata al muro, respirando a fondo.

«Stupida», borbottò a sé stessa. «Cosa ti aspettavi che succedesse?»

Poi sollevò il coperchio del grande cassone blu per i rifiuti e vi gettò dentro il sacchettino di carta che aveva in mano.

La sera seguente, al lavoro, Chloe ruppe due bicchieri da vino e lasciò un coltello nel lavandino pieno d'acqua. Quando il lavapiatti ritrasse la mano di scatto per poi prorompere in una vera e propria paella di imprecazioni spagnole, Lillian la prese da parte.

«*Adesso* non stai facendo attenzione.»

Lei la guardò, in preda al panico. «Ti prego, non licenziarmi.»

«Non ti sto licenziando, Chloe. Ti sto prestando attenzione. È così che funziona. Riesci farlo anche tu per me, stasera?»

Chloe annuì.

«E mi raccomando di venire al corso, lunedì.»

Quando arrivò, quel lunedì sera, vide gli altri partecipanti in attesa davanti al ristorante. Pochi istanti dopo Lillian risalì di corsa il vialetto per raggiungerli, diversi sacchetti di carta marrone tra le mani, i capelli sciolti che le svolazzavano dietro la testa.

«Scusate il ritardo», disse a gran voce. «Dovevo assemblare alcune cose.»

Si infilò zigzagando tra il capannello, salutando ognuno di loro mentre passava, e aprì la porta della cucina, accendendo le luci con il pollice quando entrò. Tutti si sedettero, e Chloe finì casualmente accanto ad Antonia.

«Ora», disse Lillian, posando i sacchetti sul piano di lavoro e voltandosi verso gli allievi. «Ho programmato qualcosa di speciale, per stasera. Ultimamente abbiamo preparato parecchie cene più elaborate ma una delle lezioni essenziali, nel cucinare, è come i cibi più semplici possano diventare straordinari quando li si prepara con cura e con gli ingredienti più freschi. Quindi stasera, mentre fuori c'è freddo e tira vento, sperimenteremo una beatitudine totalmente priva di complicazioni.»

Qualcuno bussò alla porta della cucina. Gli studenti si girarono a fissarla, stupiti.

«Un tempismo perfetto.» Lei andò ad aprire. Fuori c'era una donna dalla pelle rugosa color bronzo e dai capelli bianchi, bianchissimi. Quello che aveva guadagnato in età sembrava averlo perso in altezza, arrivando al massimo alla spalla di Lillian.

«Classe», disse quest'ultima, sorridendo, «vi presento la mia amica Abuelita. È venuta ad aiutarci, stasera.»

Abuelita entrò nella stanza e osservò le due file di allievi. «Grazie dell'ospitalità», disse, la voce calda e arrochita dall'età. «Dovete essere una classe speciale: Lillian non mi aveva mai chiesto di aiutarla a insegnare, prima. O forse sta semplicemente diventando vecchia e pigra.» Poi fece l'occhiolino.

Antonia si girò verso Chloe. «Mi ricorda mia nonna. Forse ci svelerà qualche segreto su Lillian.» Chloe la fissò. Aveva sempre considerato la giovane donna, con la sua naturale bellezza olivastra e il suo accento che sembrava invitare gli uomini a letto, come qualcosa da osservare con un puro, muto timore reverenziale, ma l'altra continuò a guardarla, la malizia che le guizzava negli occhi, e lei si ritrovò a sorridere.

«Per esempio com'è che non si è mai sposata...» suggerì.

«Oppure dove abita», sussurrò Isabelle, chinandosi in avanti con aria cospiratoria.

«Basta chiacchiere, laggiù», disse Lillian, divertita. «Chloe, sembri piena di energia, stasera; perché non vieni ad aiutarci?»

Chloe fece per scuotere la testa ma Antonia le diede una spintarella incoraggiante sulla spalla.

«Avanti. Dovresti provare.»

La ragazza raggiunse il piano di lavoro e rimase leggermente discosta da Lillian e Abuelita.

«Abuelita è stata la mia prima maestra in cucina e mi ha insegnato a preparare le *tortillas*», spiegò Lillian. «Ora, per rispettare davvero la tradizione», aggiunse, abbozzando un inchino rivolto ad Abuelita, «avremmo dovuto preparare noi stessi la *masa,* la farina di mais. Avremmo immerso e cotto in acqua il mais secco, insieme al lime in polvere, per preparare il *nixtamal*, l'impasto da macinare fino a ottenere la *masa harina*. Ma fortunatamente per noi, Abuelita ha un magnifico negozietto dove si può comprare la farina già pronta.»

«Quando ero ragazza», commentò Abuelita, «macinare il mais era compito mio. Avevamo una grossa pietra, con un avvallamento al centro, chiamata *metate* e io mi ci inginocchiavo davanti e usavo un *mano*, una sorta di matterello di pietra. Ci vuole parecchio tempo per ottenerne abbastanza anche per una sola *tortilla*, sapete, e servono braccia forti. E ginocchia forti. È molto più facile, in questo modo», spiegò, sollevando il sacchetto di *masa harina* e versando nella ciotola un torrente giallo di farina di mais.

«Ora aggiungi un po' d'acqua», disse, passando la ciotola a Chloe.

«Quanta?» chiese la ragazza.

Gli occhi di Abuelita esaminarono Chloe, la felpa sformata sulle spalle esili, gli occhi scuriti dall'eye-liner. L'anziana donna si strinse nelle spalle, un movimento lieve e casuale come il vento sull'erba.

«Fai quello che sembra sensato.»

Lei rivolse un'occhiata disperata ad Antonia e Isabelle, che la incoraggiarono a gesti, poi portò la ciotola fino al lavello e aprì il rubinetto, sentendo i granellini morbidi tra le sue dita diventare freddi e viscidi sotto il getto d'acqua. Chiuse il rubinetto, amalgamando liquido e farina con le mani. Ancora troppo asciutto. Aggiunse un altro po' d'acqua, mescolò di nuovo, ne aggiunse ancora, sentendo finalmente i due elementi diventare un tutt'uno.

«Ci sono», disse, alzando gli occhi verso Abuelita.

«Bene», ribatté l'altra. «Ora prendi un pezzetto di impasto e forma una palla.» Le sue mani staccarono una piccola parte del composto e la fecero rotolare tra i palmi, con movimenti fluidi e sicuri, mentre gli allievi la osservavano. «Poi la schiacci», continuò mentre la palla le passava tra i palmi, appiattendosi con il movimento delle sue mani. Si interruppe per un attimo, arcuando la punta delle dita, poi impresse un moto circolare all'impasto, premendone i bordi, creando una forma omogenea e rotonda, e infine riprese a pigiarla, ritmicamente, rapidamente.

«È come osservare una cascata», commentò Carl, in tono di apprezzamento, dall'ultima fila.

«Dicono», sottolineò Lillian, «che servano trentadue colpi per creare una *tortilla.*»

Abuelita ridacchiò, senza mai rallentare. «Una simile precisione da parte di una donna che non crede nelle ricette.»

«Non che *lei* ci creda», precisò Lillian.

«Quando è importante.» Abuelita posò la *tortilla* finita, poi prese un altro po' di impasto dalla ciotola e lo passò a Chloe. «Ora prova tu.»

Chloe se la fece rotolare tra i palmi con palese esitazione. «Sembra plastilina per bambini», commentò, «solo più morbida.» Cominciò a passarsi la palla da una mano all'altra, appiattendola. Dopo un po' abbassò lo sguardo sull'impasto, sgomenta: i bordi erano svasati e separati tra loro come petali di fiori scomposti, lo spessore irregolare, gibboso. Lo appallottolò di nuovo e ricominciò a pressarlo con colpi ritmati.

«Questo non è baseball», precisò Abuelita dopo un po', ma in tono gentile. «Stai calma.» Prese le mani di Chloe nelle sue, fermandole. «Pensa di ballare con qualcuno che ami. Volete restare vicini l'uno all'altra. Non hai bisogno di pensare ad altro.»

La ragazza ricominciò da capo, lentamente. Sentì la palla di impasto spostarsi avanti e indietro, avanti e indietro. Gradualmente percepì la forma aprirsi, ampliarsi come un'altra mano, intiepidita dalla sua, scivolare nell'esiguo spazio tra i suoi palmi. Accelerò i movimenti. Il ritmo risultò tranquillizzante, il suono delle sue mani simile a gocce di pioggia che cadano lungo un canaletto di scolo.

«Credo vada bene», dichiarò Abuelita dopo circa un minuto.

Chloe abbassando lo sguardo scoprì la *tortilla* pronta nella sua mano. «È stato incredibile», le disse. «Possono provare tutti?»

Abuelita le diede la ciotola e Chloe costeggiò le due file

di allievi. Ognuno di loro fece una piccola palla e cominciò a schiacciarla, ridendo dei propri errori, poi acquistando il ritmo giusto, il suono prodotto dalle loro mani che si trasformava in una smorzata ovazione collettiva.

«Ora, esistono delle presse per *tortillas*», affermò Lillian. Da sotto il piano di lavoro estrasse un oggetto metallico, due piastre rotonde collegate da un cardine. Lo aprì e lo richiuse per mostrare dove sarebbe dovuto andare l'impasto, come si sarebbe appiattito sotto la pressione della piastra superiore. «Ma io credo che ogni giorno meriti un applauso.»

«E magari un ballo? Sapete, vero, che questa donna sa ballare?» chiese Abuelita alla classe, gli occhi scintillanti.

«Il che ci porta alla salsa», disse briosamente Lillian, sollevando un sacchetto di carta marrone posato sul piano. «Antonia», chiamò, interrompendo la domanda che Chloe vide formarsi sulle labbra di Antonia, «potresti venire ad aiutare Abuelita a cuocere le *tortillas* mentre Chloe e io affettiamo?»

«Procedi pure», disse poi a Chloe, passandole un coltello affilato.

«Vuoi che usi questo?» le domandò sottovoce la ragazza. «Sai come funziona, tra me e i coltelli.» Lillian si limitò ad annuire.

Accanto alla piastra bollente, Abuelita stava spiegando ad Antonia il procedimento della cottura. «Circa mezzo minuto per ogni lato. Dovrebbero gonfiarsi come palloncini; se non lo fanno puoi schiacciarle delicatamente con due dita, prima di voltarle.»

Lillian estrasse qualcosa dal sacchetto e lo posò sulla mano di Chloe. «Ecco», disse, «comincia con questo.»

Il pomodoro era diverso da qualunque altra cosa Chloe avesse mai visto, tondeggiante e gonfio, più orizzontale che verticale, con scanalature che andavano dalla sommità alla base, lungo i lati, in alcuni punti tese allo spasimo, pronte a scoppiare. C'era del rosso, indubbiamente, ma di un'intera tavolozza di variazioni cromatiche, dal granato scuro fin quasi all'arancio, con striature di verde e giallo. Il suo peso confortante le riempì la mano, le scanalature le scivolavano tra le dita. Premette delicatamente, poi si fermò, sentendo la pelle che cominciava ad affossarsi sotto il suo tocco.

«È chiamato pomodoro fiorentino», spiegò Lillian. «Di solito lo si trova solo in agosto e settembre, ma oggi siamo stati fortunati.»

L'aria stava cominciando a riempirsi dell'aroma dolcemente piccante di mais arrostito, dei fiochi sussurri delle *tortillas* che venivano girate per poi atterrare sulla griglia, della sommessa conversazione tra Abuelita e Antonia, qualcosa sulle nonne, apparentemente. Chloe sistemò il pomodoro sul tagliere. La stupì scoprire quanto affetto provava per la sua bizzarra gibbosità. Testò la punta del coltello e la superficie cedette rapidamente e in modo netto, rivelando l'interno denso, mentre il succo colava sul tagliere di legno insieme ad alcuni semi. Impugnando saldamente il coltello lo passò, con un moto fluido e uniforme, lungo l'arco del pomodoro, finché una fettina cadde ordinatamente da una parte.

«Bene», commentò Lillian, e Chloe continuò, fetta dopo fetta, sbalordita dalla sua capacità di suddividere in sei parti l'ortaggio davanti a lei, poi di ridurle in minuscoli cubetti precisi.

«È ora di fare una pausa.» Abuelita le portò una *tortilla* appena tolta dalla piastra. «Tienila in mano, piatta», la istruì, «ora passaci sopra l'estremità del panetto di burro e aggiungi un pizzico di sale.» Chloe se la portò alle labbra, inalando il profumo pieno e tiepido di mais e burro fuso, soffice come una mano materna che carezzi la schiena del figlioletto semiaddormentato.

«Perché si dovrebbe volere mai mangiare qualcos'altro?» chiese quando finì.

«Magari la salsa», ribatté Lillian, passandole il coriandolo grondante acqua.

Una volta pronta, la salsa si rivelò una festa di rosso e bianco e verde, fresca e viva. Sopra una *tortilla*, con un poco di *queso fresco* bianco sbriciolato, risultò sia appagante sia corroborante, piena di consistenze e avventure diverse, come l'infanzia stretta nella propria mano.

Chloe tenne sospesa la sua *tortilla* sopra un piattino, guardando le colature di succo di pomodoro e burro atterrare sulla ceramica bianca. Gli allievi erano silenziosi, totalmente assorbiti dal cibo nelle loro mani. Abuelita e Lillian si trovavano accanto al piano di lavoro, piegate l'una verso l'altra, intente a chiacchierare sommessamente, mentre Antonia toglieva dalla griglia le ultime *tortillas* e le impilava sotto uno strofinaccio da cucina bianco per tenerle calde.

Somigliava a un quadro, pensò Chloe. A una ricetta priva di parole. Rimase immobile, percependo la cucina intorno a lei, captando l'energia che la stanza racchiudeva, che avrebbe racchiuso fino al pomeriggio seguente, quando sarebbero arrivati cuochi, aiutocamerieri e clienti, e la stanza sarebbe ridiventata qualcosa di più dell'accumulo del suo trambusto e dei suoi ingredienti, e il cibo da loro cucinato sarebbe divenuto risate e idillio, tiepido e brillante e dorato. Sorrise.

Lillian si avvicinò, estrasse un ultimo pomodoro dal sacchetto e glielo passò. «Credo che tu te lo sia meritato», disse.

La lezione era terminata. Abuelita era andata a casa, sostenendo con una risata di essere troppo vecchia per fare le ore piccole. Gli altri erano usciti alla spicciolata, Claire che chiedeva implorante qualche *tortillas* da portare a casa ai figli, Ian che trascinava fuori Tom dicendo di volergli fare una domanda, Helen e Carl che offrivano un passaggio a Isabelle.

In cucina regnava la quiete, gli unici rumori il tintinnio delle ciotole mentre Chloe le riponeva, il fruscio dello straccio mentre Lillian ripuliva l'ultimo piano di lavoro.

La porta si chiuse con un *clic* dietro ad Antonia, che stava portando l'ultima sedia di legno pieghevole nel ripostiglio appena fuori.

«Posso chiederti una cosa?» Chloe accolse Antonia sulla soglia, quando rientrò.

«Certo.»

«Sei così bella», balbettò la ragazza. «Io non...»

«Ahhh...» Antonia sorrise e si rivolse a Lillian. «Possiamo prendere in prestito il tuo bagno per un secondo?» L'altra annuì e Antonia afferrò uno strofinaccio da cucina pulito e prese per mano Chloe, guidandola attraverso la sala da pranzo del ristorante e nella minuscola toilette per le signore. Fermandosi davanti allo specchio si sfilò il fermaglio che le teneva raccolti gli ondulati capelli neri, poi scostò abilmente i riccioli castani dal viso di Chloe.

«Bene», disse, mentre le chiudeva i capelli nel fermaglio. «Ora, acqua.»

«Cosa?»

«La faccia, per favore.» Aprì il rubinetto dell'acqua calda.

Chloe riempì di acqua tiepida le mani messe a coppa e se le portò al viso. Percepì il calore che incontrava la sua pelle, l'odore leggermente metallico, verde come la stanza circostante. Nello spazio creatosi tra le sue mani e il suo viso tutto era tranquillo, lindo, sicuro.

«Adesso il sapone.»

Chloe si strofinò la saponetta tra le mani, il profumo di rosmarino che le solleticava il naso, poi sfregò, sciacquò e si pulì il viso sullo strofinaccio passatole da Antonia, restando sgomenta quando vide le spesse striature nere sul bianco.

«Ancora.» L'altra sorrise.

«Lillian mi ucciderà, per quello strofinaccio.»

«Usa più sapone, stavolta. Comunque, non ti ucciderà.»

Chloe si guardò allo specchio. Il suo viso la fissò, sincero, gli occhi enormi e azzurri, i capelli a stento trattenuti.

«Ingredienti segreti», osservò Antonia, «solo i migliori.»

«Ma *tu* sei bellissima», insistette Chloe.

Antonia rise sommessamente. «Un tempo lo dicevo continuamente a mia madre. Era in piedi in cucina oppure stava zappando in giardino e io pensavo che fosse la persona più bella che io avessi mai visto. Non ero un'adolescente carina. E sai cosa mi diceva sempre lei?»

Chloe scosse il capo.

«Diceva: "*La vita* è bellissima. Alcune persone te lo rammentano più di altre, tutto qui".»

Quando Antonia e Chloe tornarono in cucina, videro che Lillian aveva preso un vassoio di *éclairs* al cioccolato dalla cella frigorifera.

«La specialità di Stacy. Ne sono avanzati alcuni da domenica. Volete farmi compagnia?»

«Sul serio?» Antonia e Chloe presero posto entusiasticamente intorno al piano di lavoro. Chloe afferrò un bignè e lo posò su un piatto bianco passatole da Antonia. Fece correre un dito sulla sommità e sentì il cioccolato denso e compatto sciogliersi, dal dito, nella sua bocca.

«Mmm... Di' a Stacy che sono squisiti.»

«Quello che più mi piace è la farcitura», commentò Antonia, spezzando delicatamente in due l'*éclair* e intingendo la punta di un dito nella crema al centro. «Mia madre mi rimproverava sempre perché mangiavo l'interno dei pasticcini, per prima cosa.»

Il suo cellulare ronzò e lei guardò il display.

«Com'è che si dice? Parli del diavolo...» Vide i loro volti sconcertati. «Mia madre», spiegò. «Scusatemi per un secondo.»

Sollevò il coperchietto del cellulare mentre si spostava in sala da pranzo. Chloe sentì la sua voce parlare in italiano mentre l'uscio si chiudeva. «Pronto? Sì, ciao. Sto bene, e tu?»

Chloe osservò per un attimo la porta a vento, dopo che si richiuse. Riusciva ancora a sentire la voce di Antonia, che ciangottava tutta contenta.

«Mia madre e io non parleremmo mai così», disse, la sua voce simile a caffè lasciato troppo a lungo nel bricco. Si voltò a guardare Lillian. «E voi?»

«Per qualche tempo sì; lei è morta quando avevo diciassette anni.»

Chloe avvampò. «Mi dispiace.» Poi, visto che era giovane e incapace di non chiederlo, aggiunse: «E tu che cos'hai fatto?».

«Ho cucinato.» Il movimento delle mani di Lillian incluse la cucina e la sala da pranzo. «E sono stata fortunata: avevo Abuelita nella mia vita.» Per un attimo posò la mano sulla spalla di Chloe, poi prese il vassoio e lo riportò nella cella frigorifera mentre Antonia rientrava dalla porta a vento, ridendo.

«A mia madre piace chiamarmi a quest'ora», spiegò alla ragazza. «Dice che è l'unico aspetto positivo del fatto che io viva così lontano: può augurarmi buongiorno e buonanotte allo stesso tempo. Giorno appena iniziato per lei, notte per me. E vuole sempre sapere quando ho intenzione di tornare a casa per sposare Angelo.»

«Aspetta», intervenne Chloe. «Chi è Angelo?» Lillian, uscendo dalla cella frigorifera, inarcò un sopracciglio.

«Oh, è un tipo in gamba. Un brav'uomo. Ma lui non vuole sposare me e io non voglio sposare lui.»

Lillian e Chloe si guardarono.

«Io lo so chi vuoi.» Il tono di Chloe suonò malizioso. «Ma lui troverà mai il coraggio di agire?» Antonia arrossì.

«Insomma, Chloe.» Il monito di Lillian fu attenuato da un sorriso che lei non riuscì a trattenere. «Sappiamo tutti che alcuni tipi di pane richiedono semplicemente un tempo di lievitazione più lungo.»

Chloe scoppiò a ridere. «Be', in tal caso credo che forse sia ora di pigiare l'impasto per sollecitarlo.»

Quella sera Chloe arrivò a casa quasi a mezzanotte. Jake stava aspettando in cucina.

«Pensavo che il lunedì sera lavorassi», disse lei.

«Non fino a quest'ora.» Lui la scrutò attentamente. «Sembri diversa. Dove sei stata?»

«Con degli amici.» Riuscì a decifrare l'espressione dell'uomo. «Sto facendo un corso, okay?»

«Ti stai preparando per il college?» Il sarcasmo era raggomitolato come un gatto nella sua voce.

«Un corso di cucina.»

Il sorriso di Jake si chiuse tanto rapidamente che Chloe udì uno scatto nell'aria. «Il cuoco sono io», dichiarò lui.

Lei si appoggiò allo stipite della porta, sentendo il legno lungo la spina dorsale. In mano stringeva il pomodoro regalatole da Lillian, il suo peso era solido e confortante.

«Credo che potrei diventarlo anch'io.»

«In una cucina c'è soltanto un cuoco, Chloe.»

La ragazza meditò per un attimo sulla dichiarazione.

«Sai», ribatté, «è da un po' che sto pensando la stessa cosa.» Posò accuratamente il pomodoro sul piano di lavoro, poi oltrepassò Jake per entrare in camera e cominciò a infilare i suoi vestiti in sacchetti di carta marrone. Lui non si mosse. Quando lei raggiunse nuovamente la porta d'ingresso, con i sacchetti in mano, si voltò a guardarlo, indicando il piano di lavoro della cucina con un cenno del capo.

«Quello è un buon pomodoro, non c'è bisogno di mescolarlo con niente.»

Uscì, si chiuse la porta dell'appartamento alle spalle e si appoggiò allo stipite.

«Oh, merda», disse, e ridacchiò. «E ora cosa faccio?»

Isabelle

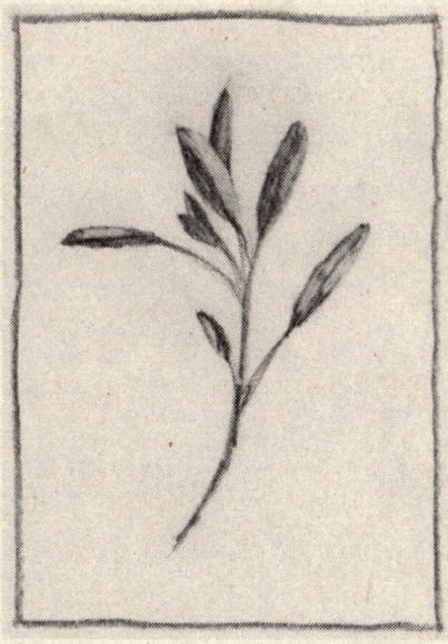

Isabelle varcò la porta della cucina del ristorante di Lillian e si fermò di colpo, sconcertata. Vi ferveva una tale attività, c'era così tanto cibo già disseminato sui vari piani di lavoro. Era forse in ritardo per la lezione? Ma, anche in tal caso, chi era la giovane signora che piroettava tra i fornelli e il lavello dove Isabelle si lavava sempre le mani prima dell'inizio della lezione? Chi era l'uomo diretto verso la sala da pranzo con una serie di piatti allineati sul braccio come perle in una collana?

Rimase impietrita, confusa. Non era la prima volta che le capitava una cosa del genere, come se la vita avesse improvvisamente inserito, a metà di un film, un rullo sbagliato nel proiettore cinematografico. Persone e immagini fluttuavano verso di lei, intorno a lei, lasciandola a sperare in un momento riconoscibile, in una voce o in un viso familiari a cui potesse ancorare tutto il resto e quindi sé stessa. In occasioni del genere, Isabelle tornava agli insegnamenti della sua infanzia. La madre le aveva sempre detto: «Se ti perdi, basta che tu rimanga ferma finché qualcuno non ti trova».

«Isabelle.» Lillian le si stava avvicinando. Era tutto a posto, in fondo: se l'insegnante del corso si trovava là, doveva essere l'ora della lezione.

«Isabelle», ripeté Lillian, e la sua voce fu sole sull'erba. «Questa sì che è una fortuna. Volevo farti assaggiare il nostro nuovo menu, ed eccoti qui.» Le sue dita le toccarono la spalla, il suo sorriso ampio e felice. «Ho un tavolo perfetto per te; possiamo sgattaiolare dentro dalla cucina, come spie gastronomiche.»

Le afferrò delicatamente il gomito e la guidò zigzagando

tra i cuochi e i camerieri con le ali ai piedi, tra cime di sedano e gusci d'uovo e vaschette di cozze e vongole, il profumo di peperoni di una padella rovente e il vapore della lavastoviglie, fino alla porta che dava sulla sala da pranzo e su una soave, soffusa luce di candele, sul tintinnio di argenteria contro la porcellana e il fruscio di pesanti tovaglioli lasciati cadere su grembi in attesa.

«Qui andrà bene?» chiese mentre Isabelle si abbandonava con gratitudine su una sedia imbottita. Il tavolo era piccolo e rotondo, posto in una nicchia affacciata sul giardino. Isabelle vide che c'era gente in sala da pranzo e si chiese se i compagni di corso avessero organizzato una festa.

«È lunedì?» chiese.

«No, cara, è domenica. Ma rimani ugualmente, vero? Ne sarei felice.»

Isabelle aveva sempre pensato alla propria mente come a un giardino, un luogo magico in cui giocare, da bambina, quando gli adulti stavano conversando e ci si aspettava che lei ascoltasse educatamente. Ed era stato così, benché detestasse ammetterlo, anche molti anni dopo con Edward, suo marito, quando ascoltare le minuzie della sua attività di venditore di moquette la sfiniva. Ogni anno il giardino diventava più vasto, i viottoli più lunghi e intricati. Prati di ricordi.

Naturalmente, il suo giardino mentale non era sempre stato oggetto di cure adeguate. Vi erano stati gli anni in cui i bambini erano piccoli, periodi intensi in cui la vita scorreva rapida senza lasciare tempo per le radici di una profonda riflessione, eppure lei sapeva che i ricordi venivano creati indipendentemente dal fatto che vi si rimuginasse sopra o meno. Aveva sempre creduto che uno dei lussi dell'invecchiare sarebbe stata la chance di aggirarsi nel giardino cresciuto mentre lei non guardava. Si sarebbe seduta su una panchina e avrebbe lasciato che la sua mente imboccasse ogni vialetto, curasse ogni momento cui lei non aveva prestato attenzione, apprezzasse debitamente la contrapposizione di un ricordo con un altro.

Ma adesso che era invecchiata e aveva tempo, scopriva spesso e volentieri di essersi persa: parole, nomi, i numeri di telefono dei figli che arrivavano e partivano dalla sua mente come treni senza una precisa tabella di marcia. Due giorni prima aveva passato cinque minuti cercando di infilare la chiave nella portiera dell'auto, solo per rendersi conto che la macchina di fronte a lei era soltanto simile a quella che aveva posseduto quindici anni prima. Non se ne sarebbe nemmeno accorta se il proprietario dell'auto in questione non fosse uscito dall'emporio per aiutarla, premendo quel bizzarro pulsantino sul portachiavi di Isabelle e facendo accendere i fanali della *sua* macchina, tre posti auto più in là, che era color argento, non verde, un'utilitaria e non una station wagon.

Lillian raggiunse il tavolo di Isabelle per versare un vino bianco frizzante e secco in un alto bicchiere a flûte. Il liquido color oro pallido scintillò nella luce delle candele, misterioso e allegro.

«Bollicine per i sensi», disse. «Salute.»

Isabelle si guardò intorno. La stanza era occupata prevalentemente da coppie, i due partner chini l'uno verso l'altro al di sopra del tavolo, avviluppati in una sfera di intimità rischiarata da candele. Dita che si allungavano verso altre dita oppure svolazzavano nell'aria, tracciando i contorni di una storia. Lei fu indotta a chiedersi se i ritmi potessero racchiudere storie, se i movimenti potessero stimolare ricordi così come potrebbe fare un odore o una visione. Forse esistevano sentieri nell'aria, creati dalle sue mani nel corso di anni trascorsi a raccontare aneddoti, in attesa di ricondurla a storie che non rammentava più. Cominciò a muovere le dita per provare, poi si fermò. Era quello che facevano le persone anziane. Sollevò il bicchiere e osservò con nonchalance, fuori dalla finestra, il giardino immerso nel buio.

Non aveva previsto che le bollicine del vino le raggiungessero il naso in quel modo, come bambini piccoli, ridacchianti. Le sue figlie, due frugoletti, i capelli biondi resi quasi castani dall'acqua, dentro una vasca da bagno traboccante mentre loro sguazzavano, inzuppandole la camicetta e il ventre che racchiudeva il terzo figlio, le loro grandi e tonde risate che rimbalzavano sulle piastrelle, buttando fuori la giornata e lasciando spazio per i sogni. Edward che arrivava a casa, seguendo il rumore fino alla soglia del bagno dove rimaneva fermo, adulto e divertito, mentre lei si scostava i capelli bagnati dal viso e lo guardava dal basso. Le bambine che, più tardi, si toglievano di dosso le salviette danzando e correvano attraverso il soggiorno, i sederini simili a pesche mature e i grassi pancini orgogliosi, finché, finalmente imprigionate nei pigiamini, si accoccolavano sul divano, tiepide e dolci come latte appena munto. Allora Isabelle leggeva loro la storia del coniglietto con le scarpe magiche finché non si addormentavano e lei restava seduta a pensare a come sarebbe stato possedere scarpette dorate che le permettessero di volare in giro per il mondo, fare cose straordinarie e rincasare prima del mattino.

Lillian poggiò un piatto di insalata sul tavolo di Isabelle.

«Questa è nuova», dichiarò. «Sarei curiosa di sapere cosa ne pensi.»

Lei prese la forchetta, obbediente, infilzando le foglie di lattuga, verde brillante e verde più scuro, il rosso dei mirtilli rossi essiccati e le lune pallide delle mandorle e delle pere. Il gusto si rivelò simile al primo giorno di primavera, con il sapore acre dei mirtilli immediatamente seguito dalla soda friabilità delle mandorle e dalla morbidezza della polpa di pera. Ogni gusto presente, ben definito, solo leggermente intensificato dal pizzico di aceto di champagne nel condimento.

Edward. Sulla soglia, di nuovo, senza giacca ma ancora con la cravatta, a osservarla mentre preparava la cena in cucina. Nei suoi ricordi pareva che lui si trovasse sempre su una soglia, non del tutto presente. Come se lei rappresentasse lo stipite della porta e il mondo si trovasse dall'altra parte. In quell'occasione Edward non se ne stava andando, anche se lo avrebbe fatto, in seguito. Quando Isabelle era sincera con sé stessa si rendeva conto che il marito era stato perennemente in partenza, diretto verso di lei o via da lei. Persino dopo essersene andato aveva preso la strada del ritorno, ma ormai anche Isabelle era partita, talmente leggera, senza il peso dello sguardo di Edward, che talvolta sognava di volare.

Abbassò gli occhi: la ciotola di insalata vuota era sparita senza che lei se ne accorgesse, sostituita da un piatto contenente un letto di fagioli cannellini su cui poggiava un trancio di salmone perfetto, guarnito con striscioline di croccanti foglie verdi fritte. Ne prese una, a titolo di prova, e se la accostò al naso. Verde polveroso, l'aroma di una vita fatta di sole e poca acqua, il più asciutto dei profumi. Salvia.

Quello che aveva desiderato all'inizio era il deserto, aridi e bollenti chilometri d'aria cauterizzata dal sole, la tela vuota dopo che Edward e poi i figli se ne erano andati e lei era rimasta con in mano niente e tutto. Era salita sulla lenta station wagon rivestita di pannelli di legno e si era diretta a sud, la ventola che ronzava, finché non aveva lasciato l'autostrada per guidare tra cactus e falchi, abbassando i finestrini mentre il mondo si riversava all'interno, di un verde argenteo con l'odore della salvia.

Nella cittadina in cui si era fermata a fare benzina vide una galleria d'arte, una stanza spoglia e piena di luce, con tre sculture di pietra bianca: levigate, candide, sensuali come dune. Mentre l'addetto della stazione di servizio riempiva il serbatoio, Isabelle attraversò la strada ed entrò nella galleria. Osservò le sculture, i suoi occhi seguivano le curve che facevano sembrare la pietra più liquida che solida. Il tempo rallentò; non vi era alcun bisogno di affrettarsi: la sua era l'unica auto ferma al distributore. E mentre studiava ogni scultura vide qualcos'altro. Non era palese – una linea simile a un braccio proteso, un declivio delle reni, l'incavo alla base di un collo laddove si incontrano le scapole – non una determinata parte di una persona ma piuttosto l'essenza, l'angusto luogo vulnerabile in cui dimora l'anima.

«Poesie di pietra», mormorò a sé stessa.

«Sì», confermò una voce, bassa e calda, e una mano le toccò la schiena, posandosi lungo la curva interna della sua scapola.

Lui si chiamava Isaac; era più giovane di Isabelle, di parecchi anni, la sua casa si trovava in mezzo al deserto, un'abitazione di terriccio rosso con persiane di un azzurro sbiadito che tenevano fuori il sole a metà giornata, quando lui lavorava a occhi chiusi, levigando i contorni scolpiti nel corso della mattinata. Una fontana mormorava nel cortile, ai piedi di un albero, e lei trascorse la prima settimana seduta sotto gli enormi rami, leggendo i libri di poesia di Isaac, parte di una collezione che occupava ogni superficie disponibile della casa. Si riunivano ogni sera per cenare con stufati di maiale rimasti a sobbollire per tutto il pomeriggio, fagioli e riso. Durante il pasto parlavano, le conversazioni vagavano come uccelli sopra il terreno intorno a loro. Isabelle dormiva nella stanza degli ospiti e ogni mattina si svegliava al suono smorzato del metallo che scivolava attraverso la pietra, nello studio.

«Che cosa siamo?» chiese una sera a Isaac, curiosa. Erano seduti in cortile, il fumo del fuoco di bivacco che si levava tra di loro, le stelle enormi e innumerevoli.

«Perché lo chiedi?» ribatté lui. Una domanda autentica.

Lei non provava il minimo senso di urgenza; si sentiva come il deserto, sconfinata, seduta lì al buio. Eppure aveva sentito il bisogno di chiederlo, di assicurarsi di non risultare in un certo senso deludente.

«Credo», disse lui in tono contemplativo, «che ognuno di noi sia una sedia e una scala per l'altro.» E, in un certo qual modo, suonò perfettamente sensato.

Fu Isaac a tagliarle i capelli. Isabelle sedeva in cortile, con la testa coperta di bigodini rosa. Lui uscì, togliendosi la polvere di marmo dalle gambe dei jeans, e la vide. La sua risata rimbalzò sui rami dell'albero.

«Cosa c'è?» chiese lei. «Non posso usare l'asciugacapelli. Tu non ce l'hai.»

Isaac rientrò in casa e uscì con un paio di forbici e una sedia dallo schienale diritto. «Vieni qui», disse, dando qualche colpetto sulla seduta.

Isabelle gli si sedette davanti e sentì i bigodini che le cadevano dalla testa, una forcina alla volta, mentre i riccioli umidi e lunghi fino alle spalle si raffreddavano nella brezza. Quando tutti i bigodini furono ammonticchiati intorno a lei, Isaac le prese la chioma, la sollevò e tagliò con rapidità e decisione; i capelli piombarono pesantemente a terra. Alla fine glieli scompigliò con le dita, ridando forma ai ricci.

«Ora», disse, «rimani semplicemente seduta lì al sole e lasciali asciugare.»

Il viso di Isabelle, quando più tardi lei si guardò allo specchio, le parve abbronzato e più giovane di quanto ricordasse, gli zigomi più forti incorniciati dalla morbidezza dei ricci. Non riusciva a immaginare la donna con quel volto organizzare un cocktail party con indosso un abito di lana azzurra stretto in vita e servire alla segretaria del marito un bicchiere di sherry, chiedendosi cosa avessero toccato quelle dita affusolate.

Entrò nello studio. «Grazie», disse semplicemente.

Lui alzò gli occhi. «Ora», ribatté, «credo sia giunto il momento che tu posi per me.»

Risultò perfettamente sensato restare in piedi nuda nello studio, la schiena rivolta verso la parete a giorno da cui il sole entrava per poi scenderle lungo la spina dorsale, la morbida e tondeggiante carne appena sotto, il retro delle ginocchia. Lei, che non era mai rimasta in piedi nuda, da sola, nemmeno nel proprio bagno, diede il benvenuto al tepore, lo sentì centrarsi tra le sue gambe, alla base del collo. Osservò i forti occhi castani di Isaac mentre si spostavano lentamente e con sempre più profonda comprensione sul suo corpo, sugli angoli smussati delle scapole, sul declivio della vita che si arrotondava nel fianco, sulla morbidezza del ventre; osservò le sue mani muoversi sulla pietra, scolpendo nel corso delle ore una curva che spiraleggiava all'infinito nel mondo esterno. Il sesso, quando ebbe luogo nel tardo pomeriggio, fu qualcosa che entrambi desideravano ma di cui nessuno dei due aveva bisogno, protratto e lento come il sole fuori dalle persiane della stanza fresca e buia.

Quando lei se ne andò, una settimana dopo, Isaac rimase sulla porta, a guardarla caricare sull'auto le sue cose. Isabelle alzò gli occhi e lo vide, e si sorrisero, un sorriso protratto e lento.

Lui la raggiunse. «Per te», disse, e le passò un levigato ovale di marmo bianco che le scivolò nell'incavo della mano.

Salmone spesso, compatto contro i suoi denti, una spiaggia di lisci fagioli bianchi sotto di esso. Isabelle a sei anni, mentre lanciava di sbieco sottili sassi piatti, guardandoli affondare e scomparire mentre quelli di suo padre rimbalzavano invece sulla superficie, immergendosi per poi risalire piroettando, come uccelli in cerca di cibo. L'aria fredda e carica di umidità sul suo viso, persino in una mattina di luglio, di buon'ora, sua madre e i fratelli ancora addormentati, soltanto lei e il padre sulla spiaggia dove Isabelle lo aveva trovato, a osservare la baia come se riuscisse a vedere, al capo opposto, quello che lei non poteva invece scorgere. Avrebbe voluto tenergli la mano, ma il padre non era quel tipo d'uomo, così la bambina aveva preso un sasso e tentato di lanciarlo come gli aveva visto fare insieme ai suoi fratelli.

«In quel modo ucciderai i pesci», aveva detto lui, mentre il sasso di Isabelle piombava nell'acqua come una palla di piombo, ma la sua risata non suonò sgarbata.

«Mi fai vedere?» aveva chiesto la bambina in un empito di audacia. Ed erano rimasti sulla spiaggia mentre lui le mostrava come posizionare il sasso nella mano e poi torcere rapidamente il polso, e Isabelle aveva lanciato un sasso dopo l'altro, finché finalmente uno aveva saltellato, danzando sull'acqua come un bambino.

«Ora di colazione?» aveva domandato a quel punto il padre, e si erano voltati per tornare alla casetta di legno che aspettava nel punto in cui la spiaggia sassosa incontrava i grandi alberi verdi.

Era stato soltanto in seguito, dopo che il padre era morto e lei aveva avuto dei figli suoi, che Isabelle si era resa conto che i genitori, il più delle volte, sanno benissimo quando i figli stanno temporeggiando per ritardare la fine di qualcosa cui vogliono tenersi aggrappati. E si era resa conto che esistono vari tipi di amore e non tutti sono evidenti, che alcuni rimangono ad aspettare, come doni in fondo a un armadio, finché non sei in grado di aprirli.

Fu al rustico di legno che si diresse, una volta lasciato il deserto. Non procedette in linea retta: si fermò a Los Angeles per vendere la dimora di famiglia, trascorse un po' di tempo con ogni figlio mentre si preparava a trasferirsi a nord. Le ragazze non capirono. Ormai cresciute, una con un bambino e l'altra alla scuola di specializzazione, la contemplarono con il disinvolto distacco del loro nuovo Io adulto.

«Mamma, è pazzesco. Sono anni che nessuno mette piede in quel cottage. Probabilmente è un cumulo di macerie. E cosa intendi fare là, tutta sola?»

Rimasero ferme a guardarla come pilastri di buon senso. Isabelle pensò che, se Isaac avesse dovuto ritrarle nella pietra in quel momento, la scultura avrebbe avuto la forma di un dito ammonitore.

«Mamma? A cosa stai pensando?» Le figlie la stavano fissando con aria di aspettativa.

«Sto pensando che dovrete venirmi a trovare.» Sapendo che non lo avrebbero fatto.

Più tardi, quello stesso giorno, raggiunse l'abitazione del figlio, quando ormai si avvicinava l'ora di cena. Rory viveva in una grande casa a Berkeley, piena di coinquilini del college, che cucinarono tutti insieme e, ridendo, trasportarono una capace poltrona del soggiorno in sala da pranzo in modo che lei potesse prendere posto a tavola. Rimase seduta, nettamente più bassa degli altri, mentre le servivano porzioni abbondanti insistendo per accudirla perché, dissero tutti scherzosamente, sembrava lei stessa una ragazzina, con quei capelli corti e la pelle abbronzata, come se fosse stata fuori ad arrampicarsi sugli alberi e ora avesse bisogno di una buona cena per rimettersi in carne. Rimase appoggiata allo schienale della sua bassa poltrona imbottita e ascoltò le loro voci benevole, sentendosi a casa ma nello stesso tempo pronta ad andare a vivere da sola.

Dopo cena, seduta sulla stessa poltrona ormai tornata al suo posto, rivelò i proprio progetti al figlio. Lui la studiò a lungo, poi sorrise.

«Sta per iniziare la mia pausa estiva», sottolineò. «Potresti avere bisogno di aiuto con quel tetto.»

La casetta di legno era conciata persino peggio di quanto lei avesse immaginato. Finestre rotte, il tetto che riparava a stento gli scoiattoli che si erano insediati all'interno. La prima cosa che fece, dopo avere passato un'intera settimana a pulire, fu costruire un capanno per gli attrezzi, ma anche per gli scoiattoli, che lasciarono entusiasti la vecchia dimora per una leggermente più confortevole. Le linee del capanno non erano perfettamente diritte; Isabelle passò un sacco di tempo a fare domande nel negozio di ferramenta locale e a tentare di rammentare le lezioni che il padre impartiva ai suoi fratelli. Ma alla fine il capanno sfoggiò quattro pareti, un tetto e una porta che si chiudeva con una spinta, e comunque gli scoiattoli non parevano inquilini schizzinosi.

Il cottage non somigliava affatto alla solida casa dagli angoli diritti che lei aveva diviso con Edward e i figli, ma scoprì che andava benissimo anche così. Cucinava stufati sulla vetusta cucina di smalto bianco e cuoceva pane di mais di un giallo brillante nel forno. Trovò del vetro vecchio, di quel genere che fa apparire il mondo esterno come se si trovasse sott'acqua, e riparò le finestre rotte. Visitò i negozi di anticaglie lungo la strada che portava al vicino parco nazionale e trovò una vecchia trapunta azzurra e bianca, con punti cuciti da una mano che lei non conosceva ma di cui si fidava comunque, e la stese sul letto di metallo nero. Scoprì che le piaceva sentire il peso di un'accetta nella mano, l'appagante tonfo quando l'arnese affondava nel ceppo davanti a lei, il bianco scintillante del legno messo a nudo quando lo aggiungeva alla catasta.

La sera in cui le installarono il telefono chiamò Rory giù in California. Gli raccontò dei propri progressi, elaborò piani per la visita del ragazzo, il mese seguente.

«Penso che il tetto reggerà fino ad allora», dichiarò, ridendo.

«Dove hai imparato a fare queste cose?» Suo figlio suonava divertito. «Non ricordo che tu abbia mai riparato nessuna finestra, a casa nostra.»

«E nemmeno ricordi che, quando ho sposato tuo padre, non sapevo cucinare né guidare l'auto né fare addormentare un neonato con le coliche. La gente impara, Rory. Odierei pensare che esista un'età in cui dobbiamo smettere di farlo.»

Le sere in cui l'aria era tiepida metteva uno dei vecchi dischi jazz di suo padre, apriva la porta del cottage e scendeva sulla spiaggia sassosa. Mentre il sole scivolava dietro la cima delle montagne, il suono triste e sensuale di una tromba e la voce bassa e profonda di una donna innamorata si riversavano fuori dalla casetta come luce dalle finestre, e Isabelle sedeva su un tronco portato dalla corrente, le dita dei piedi che giocherellavano tra i sassi, mentre le foche spuntavano in superficie e restavano in ascolto, i loro occhi scuri e intelligenti sopra il pelo dell'acqua.

Rory arrivò, come promesso, quando le giornate divennero più lunghe, terse e tiepide e il cielo della sera si tingeva di madreperla. Era imbevuto di filosofia, il suo corso preferito nel semestre precedente, e recitava passaggi di Platone e Kant come se fossero appena stati scritti e lui fosse stato il primo a scoprirli.

Isabelle ascoltava, osservando i muscoli guizzanti dei bicipiti del ragazzo mentre lui staccava scandole dal tetto e gliele buttava giù, chiedendosi dove fossero finite le braccia soffici e tonde del suo bimbo, meravigliandosi della bellezza del figlio in piedi sopra di lei.

«Filosofia e la capacità di riparare un tetto», gli gridò. «Un giorno renderai una ragazza molto felice.»

«Ce n'è già una», ribatté lui, leggermente imbarazzato. Poi si era seduto sul bordo del tetto e aveva parlato per un'ora mentre lei teneva la testa reclinata all'indietro per guardarlo, senza menzionare nemmeno una volta il suo torcicollo perché era troppo prezioso ascoltare il figlio che le parlava con una così splendida ingenuità dell'essere innamorati, quando tutto ciò che aveva conosciuto erano genitori che non lo erano già più, quando era nato.

«Mamma?» chiese Rory una sera, mentre sedevano sulla spiaggia osservando le foche. L'ora del concerto, la definiva Isabelle.

«Sì.»

«Proveresti mai la marijuana?»

Isabelle scoppiò a ridere. «Quindi è a questo che serve la tua retta del college?»

«Sul serio, mamma. Insomma, guardati. Di certo non sei più la donna che ha sposato papà. Hai mai pensato di provare qualcosa di veramente diverso?»

«Non mi piace fumare.»

«Be', potremmo aggirare il problema.»

Il burro sfrigolava nella padella, le foglie che sprigionavano un aroma tenue, fumoso, non dissimile dalla salvia, pensò Isabelle. Si ammorbidirono sotto i suoi occhi, rilasciando il loro olio nel burro, mentre sull'altro fornello un panetto di cioccolato si scioglieva in un liquido fuso, scintillante.

«In questo modo è meno forte», spiegò Rory, «e non sei costretta a fumare.»

Aggiunsero zucchero e uova, farina. «A tuo padre sono sempre piaciuti i dolcetti al cioccolato», commentò lei con un sorrisino mentre infilavano la teglia nel grande forno bianco.

Sedettero sui gradini davanti alla porta e il profumo teneva loro compagnia, forte e denso di cioccolata. Quando i dolcetti furono pronti li mangiarono, ancora affamati a causa della giornata di lavoro, persino dopo una cena a base di *chili* e pane di mais.

«Cosa stai pensando, mamma?» chiese Rory dopo un po', pulendosi il labbro superiore sporco di cioccolato fuso.

Ma Isabelle stava volando, una mamma coniglio con scarpette dorate, osservando dall'alto i suoi figli, il marito, la casa. Il suo cottage, il tetto quasi completato.

«Isabelle», disse una voce accanto a lei. Si trovava in un ristorante. Il ristorante di Lillian. Naturalmente. Non era la sera della lezione di cucina, era stato stupido da parte sua, ma allora come mai quel giovanotto, quello triste del corso, era fermo vicino al suo tavolo con Lillian?

«Isabelle», disse quest'ultima in tono gentile. «Scusa se interrompo la tua cena. Tom è capitato qui per caso e i tavoli sono tutti occupati. Speravo che non ti sarebbe dispiaciuto lasciarlo sedere al tuo.»

«Certo che no», rispose automaticamente lei, indicando la sedia di fronte alla sua. Tom si accomodò e Lillian li lasciò per andare a controllare un tavolo vicino.

Isabelle si riscosse dalle sue riflessioni e abbassò lo sguardo sugli ultimi cannellini rimasti nel piatto. «Temo di avere quasi finito.»

«In realtà speravo solo in un dessert e in un caffè. Tu potresti farmi da copertura, così Lillian non si arrabbierà perché non mangio una cena completa.»

«È da parecchio tempo che non copro nessuno», rispose lei con una risata. Osservò i tavoli intorno a loro, molti dei quali si erano svuotati nel corso della serata, tanto che ormai il ristorante era pieno solo per metà.

«Credi che Lillian si aspetti una ressa a tarda ora?» domandò, un sopracciglio inarcato.

«Mi stavo chiedendo», commentò Isabelle in tono meditabondo mentre gustavano il dolce, «se sia sciocco creare nuovi ricordi quando sai già che li perderai.»

«Eppure eccoti qui, a seguire un corso di cucina», sottolineò Tom.

«Be', non stasera, a quanto pare», puntualizzò ironicamente lei. Lui sorrise.

Mangiarono immersi in un silenzio rilassato, godendosi la cremosa torta al limone davanti a loro. Dopo un po', Isabelle parlò di nuovo. «Sai», riprese, tenendone sollevata una forchettata, «comincio a pensare che forse i ricordi sono come questo dessert. Lo mangio e diventa parte di me, che in seguito io lo rammenti o meno.»

«Conoscevo qualcuno che era solito dire una cosa del genere», dichiarò Tom.

«È per questo che sei triste?» chiese Isabelle, poi vide la sua espressione. «Scusa. Le mie buone maniere stanno scomparendo insieme ai miei ricordi.»

Lui scosse lievemente il capo. «Le tue buone maniere sono ineccepibili, e la tua mente acutissima.» Soffiò sulla superficie del caffè, bevve un sorso. «Mia moglie. È morta poco più di un anno fa. Faceva lo chef e diceva sempre la stessa cosa che hai appena detto tu, a proposito del cibo. Io cerco di crederci, ma era più facile quando lei era qui e il cibo era il suo.»

«Ah», Isabelle lo guardò, pensierosa, «quindi noi due non siamo poi così diversi.»

«In che senso?»

«Entrambi abbiamo un passato che non riusciamo a tenerci stretto.»

«Immagino che tu abbia ragione.» Tom la fissò, come aspettando qualcosa di più.

«Un tempo conoscevo uno scultore», raccontò lei, annuendo. «Diceva sempre che se si guardasse abbastanza attentamente si riuscirebbe a vedere in quale punto del corpo ogni persona racchiude la propria anima. Suona folle, ma quando vedevi le sue sculture sembrava perfettamente logico. Credo che questo valga anche per coloro che amiamo», spiegò. «Il nostro corpo porta con sé i loro ricordi, nei muscoli, nella pelle, nelle ossa. I miei figli si trovano giusto qui», si indicò la curva interna del gomito. «Dove li tenevo quando erano neonati. Anche se giungerà il momento in cui non saprò più chi sono i miei figli, credo che continuerò a sentirli qui.

«Tu dove conservi tua moglie?» chiese a Tom.

Lui la guardò, gli occhi colmi di lacrime. Si posò la mano destra sul lato del viso, poi la staccò e modificò leggermente la forma.

«Quella è la sua linea del mento», mormorò, passando l'indice della mano sinistra lungo il semicerchio alla base della propria mano, poi lungo la curva superiore, laddove il palmo incontrava le dita. «E qui c'è il suo zigomo.»

Tom si scusò, con il pretesto di dovere andare in bagno, e si diresse verso Lillian, ferma accanto alla porta d'ingresso, un bicchiere di vino in mano, intenta a ricevere i complimenti di una coppia in procinto di uscire. Si guardò intorno nella sala da pranzo e rimase stupito scoprendola deserta, se si eccettuava Isabelle seduta al loro tavolo.

Raggiunse Lillian e le toccò la spalla. «Grazie di avermi chiamato», disse. «Vorrei pagare il conto di Isabelle.»

Lei sorrise. «Offre la casa.»

«Non capisco come fai a sapere sempre...»

«Ho tirato a indovinare», ribatté Lillian, alzando il bicchiere di vino.

Fuori faceva fresco, dopo il tepore del ristorante. I lampioni brillavano attraverso il nuovo fogliame sugli alberi da frutto nel giardino di Lillian. Tom percorse con Isabelle il vialetto bordato di lavanda, fino al cancello; sulla strada sfilarono alcuni passanti, le voci animate dalla prospettiva della primavera, che parlavano di piante da travasare e progetti di vacanze estive.

«Posso accompagnarti a casa?» chiese Tom.

«Lillian sa che deve chiamarmi un taxi», ribatté Isabelle, indicando con un gesto la strada, dove un veicolo giallo stava accostando al cordolo del marciapiede. «Il mio medico dice che non sono più autorizzata a guidare.»

«È stata una splendida serata», disse Tom. «Grazie.»

Lei si allungò verso l'alto per baciarlo delicatamente sulla guancia.

«È stata davvero splendida. Grazie, Rory.» Si allontanò per raggiungere il taxi che aspettava sotto il lampione.

Helen

Helen e Carl percorrevano la via principale della cittadina, diretti al corso di cucina. Era una limpida e fredda serata di inizio febbraio, la conclusione di una giornata miracolosamente azzurra. Gli abitanti della costa nordoccidentale tendono ad accogliere simili condizioni climatiche con il senso di gioia di un bambino; gli sconosciuti si scambiano un sorriso, le abitazioni sono tutt'a un tratto più pulite e si possono trovare i vicini di casa nei rispettivi giardini in maniche di camicia, a prescindere dalla temperatura, intenti a cedere all'improvviso desiderio di scavare nel terriccio ricco, scuro.

Nel fioco alone luminoso del lampione davanti a loro videro un uomo raggiungere il cancello del ristorante di Lillian; contemporaneamente, una donna si avvicinò dalla direzione opposta. L'uomo aprì il fermo del cancello e si fece da parte per lasciarla entrare, la sua mano che seguiva la donna, non sollecitata, senza mai toccarle la schiena eppure apparentemente incapace di tornare lungo il fianco di lui.

Helen guardò i due risalire il vialetto tra i cespugli di lavanda grigioazzurri e la mano, il movimento, il desiderio dietro che esprimeva, la colpirono con l'intensità di un profumo che aveva cessato di usare ormai da tempo, aleggiante in una stanza che lei non aveva mai voluto attraversare.

Helen aveva quarantun anni la prima volta in cui aveva visto l'uomo che era diventato poi il suo amante. Era successo all'emporio, un'ambientazione assurda ma anche perfettamente logica per una donna che si considerava inequivocabilmente sposata, che rifuggiva dagli sguardi ammirati alle feste di Capodanno o dalle sale da concerto buie o dai matrimoni di cari amici dove le emozioni, lo sapevano tutti, salivano su velocissimi ascensori fino a raggiungere vette troppo alte perché fosse mai possibile rimanervi, l'indomani.

Era andata al negozio per comprare uova (Laurie vantava una tipica assuefazione adolescenziale per le maschere di albume per il viso), cibo per cani, fogli per il nuovo quaderno scolastico di Mark, bistecche per la cena (il medico di Carl diceva che il suo livello di ferro nel sangue era basso) e le solite cose: latte omogeneizzato, caffè Yuban, cereali Cheerios, riso, patate, tovaglioli di carta. Conosceva quelle corsie come la sua cucina, il che le faceva comodo visto che una seconda lista le stava sfrecciando nella testa – Mark agli allenamenti di calcio, Laurie alle lezioni di piano, portare a passeggio il cane, stirare la tovaglia – una serie di incombenze che le entravano e uscivano ritmicamente dalla coscienza come il respiro.

Lui si trovava nella corsia della frutta e verdura. In seguito Helen si chiese se sarebbe successo qualcosa, nel caso lo avesse incontrato per la prima volta tra le scatole di cereali, o vicino a uno sportello aperto nel reparto freezer. Ma, fra i meloni di tarda estate e la lattuga sottile come velo, i gonfi peperoni rossi e le paffute arance ombelicate, l'uomo pareva semplicemente bellissimo, e qualsiasi desiderio da parte di Helen era più estetico che appassionato. Lei aveva osservato le sue lunghe dita vagare tra le verdure, tendendosi verso una cipolla, delle carote, optando infine per un bouquet di porri. I suoi occhi, quando l'uomo aveva alzato lo sguardo e l'aveva sorpresa a osservarlo, erano apparsi infinitamente castani e gentili, e i suoi capelli fluivano in onde non curate che riavrebbero avuto bisogno di un taglio, ma lei sperò subito che non li tagliasse, un sentimento quasi materno.

L'uomo aveva sollevato la verdura che stringeva. «Mia madre era francese», le aveva detto, come per spiegare. «Mi chiedeva sempre: "Cosa fai che ti renda felice?". Oggi, per me, sono i porri.»

Lei era rimasta immobile, senza parlare, a mani vuote. Gli occhi dell'uomo avevano scrutato i suoi, poi lui si era piegato in avanti, più serio, la voce gentile. «E tu?»

E Helen, che aveva cominciato ad avere l'impressione che la sua vita somigliasse al girare ogni giorno pagine riempite dalla calligrafia altrui, si era sentita come se si fosse improvvisamente imbattuta in un'illustrazione.

Carl afferrò il cancello che si stava chiudendo e lo tenne aperto per la moglie. «Non erano Ian e Antonia?» chiese.

Helen scosse il capo, allentando i pensieri. «Sì», rispose, «credo di sì.»

«Sarebbe carino per entrambi, se la cosa potesse funzionare.»

«Non metterti in testa l'idea di poterti rendere utile, Carl.» Il ritmo familiare delle loro celie fu un ponte che la riportò da lui. «Hai visto come ha funzionato, con nostra figlia.» Gli toccò il braccio mentre varcava il cancello.

«Ma Mark è felice, e ti ha dato dei nipotini.» La voce di Carl si increspò di malizia.

Raggiunsero il ristorante, il giardino intorno a loro immerso nella tipica quiete di febbraio, tutte radici e niente fiori. I mattoni del vialetto tintinnarono l'uno contro l'altro sotto i loro piedi, nel freddo; il loro respiro li precedeva come se avesse fretta di entrare nel ristorante tiepido.

«Mi piace l'inverno», commentò Helen.

Carl le prese la mano e la attirò più vicina. «È un bene», ribatté.

Aveva avuto intenzione di rinunciare al suo matrimonio, era pronta a dirlo a Carl, il cuore pieno di fuochi d'artificio per questo nuovo uomo, quello a cui non aveva mai comprato o lavato o rammendato i vestiti accanto al letto, le cui dita le scorrevano sulla pelle come un fiume, tracciandole piste fresche e durevoli fino alla curva interna dell'orecchio, il declivio del fianco, come se lui fosse impegnato in un viaggio senza itinerario, senza data di ritorno.

Aveva intavolato la conversazione con Carl in modo abbastanza diretto, approntando le parole che avrebbe usato per aiutarlo ad accettare la fine di un'unione durata più della loro infanzia. Aveva scelto il tavolo di cucina, un luogo di tepore domestico, privo della passione di una camera da letto; lì avevano programmato vacanze, scelto assicurazioni sanitarie, deciso cosa fare del porcellino d'India che avevano trovato morto un sabato mattina, prima che i bambini si svegliassero. Avevano sempre lavorato bene, a quel tavolo.

Carl le sedeva di fronte. Lei vide il suo volto, gli occhi che studiavano l'espressione della moglie cercando accenni di piacere o rabbia o sconcerto, un cartello stradale che segnalasse la direzione del loro imminente colloquio.

"Non sa cosa sto per dirgli", pensò Helen. "Non lo sa", e il pensiero la colpì, bizzarro come una campana che suoni fuori tempo. "Io so qualcosa di me che lui ignora." Non riusciva a rammentare l'ultima volta in cui era successo. Lo guardò mentre la osservava e si rese conto che, in un certo qual modo, Carl le era sempre rimasto accanto, nella sua mente, nel suo corpo, in una maniera inconscia ma totalmente tangibile, durante tutti i baci e gemiti ed esplorazioni della sua nuova relazione, proprio come succedeva quando faceva giardinaggio o si tagliava le unghie dei piedi seduta da sola sul bordo della vasca. Dopo quasi vent'anni lo portava semplicemente con sé, una parte di lei, come sangue, ossa, sogni. Ma Carl non era stato là. L'uomo che le sedeva di fronte, con i capelli fulvi e i limpidi occhi azzurri, le cui mani avevano tenuto strette le sue durante il parto e durante ogni viaggio aereo che avessero mai fatto, era ben distinto da lei. E in quel momento Helen capì esattamente che aspetto avrebbe avuto la sofferenza dovuta al suo abbandono, come gli avrebbe pervaso il volto e trasformato il colore degli occhi in un grigio che non sarebbe mai scomparso davvero.

"Ucciderei chiunque gli facesse una cosa del genere", pensò, e si rese conto che era verissimo e che non avrebbe mai potuto farlo lei. "Lo amo", pensò, e l'idea risultò solida come il tavolo tra loro.

Carl era seduto, in attesa che la moglie parlasse.

«C'è stato un uomo», gli disse Helen. «Ormai è finita.»

Non che fosse davvero finita; il corpo ha bisogno di tempo per assecondare le decisioni della mente. Helen non tornò mai dal suo amante, ma vi furono momenti in cui intravedeva un profilo così simile al suo che il corpo le si paralizzava, elettrificato, come se stesse entrando senza il suo consenso in un'altra vita, come se lei, trovandosi in entrambe le vite contemporaneamente, potesse smettere del tutto di esistere.

Se Carl capì che la faccenda non era completamente finita non fu certo perché lei glielo avesse detto. Era entrato nel mondo grigio della sofferenza, non quello che Helen aveva giurato di evitargli, ma uno abbastanza simile perché li si potesse confondere facilmente. L'ironia della situazione la ghermì, e si insinuò nel ricordo del suo ex amante finché Carl non divenne parte della perduta relazione più dell'uomo con cui l'aveva tradito. Le capitava di vedere uomini che gli assomigliavano mentre stava accompagnando la figlia a dormire a casa di un'amica o tornava dall'avere ritirato le camicie di Carl in tintoria, l'odore dell'amido che creava un suo mondo intorno a lei. Se ripensava alla relazione lo faceva mentre era stesa accanto a Carl, la notte, quando tutto in casa era finalmente quieto, con l'odore del marito nelle lenzuola, il suo respiro che giocava sul cuscino. Quando cucinava usando ingredienti che le aveva fatto conoscere l'ex amante, in piedi, seminudo, nella minuscola cucina del suo appartamento, lo faceva per la sua famiglia, e con il passare del tempo i vari piatti assunsero nuovi significati: il dolce preferito di Laurie, la zuppa che spingeva Mark a mangiare la verdura, lo stufato su cui si poteva sempre contare per consolare qualcuno della perdita di una partita di football, un fidanzato, un'offerta di lavoro.

Così, quando finalmente lo rivide davvero – alla cerimonia di diploma del figlio, sua figlia che rideva e indicava il fratello che stava attraversando il podio con giusto un accenno di saltello nel passo – lo fece con il genere di desiderio che proviamo per qualcosa che non abbiamo mai avuto davvero intenzione di possedere. Il fidanzato di una sorella maggiore. Un anno in Provenza. Quando la mente le si schiarì, suo figlio si trovava sul palco, le braccia alzate per l'esultanza, e la mano di Carl stava tenendo la sua.

Quella sera, dopo la torta e le battute e il bicchiere di vino simbolico per Mark che, ammisero tutti, non era legale ma nemmeno un'esperienza senza precedenti, Carl le passò una busta piena delle fotografie che lei aveva ritagliato per anni dalle riviste.

«Provenza», disse, e sorrise. «Un mese a fine agosto, quando Mark va al college.»

Lillian invitò la classe a sedersi. «È febbraio», cominciò. «Manca poco al giorno di San Valentino, che io considero un autentico dono, come il clima che abbiamo avuto oggi. Eccoci qui nel bel mezzo dell'inverno. La nostra pelle è in ibernazione da mesi sotto vari strati di indumenti, siamo abituati al grigio. Possiamo quasi cominciare a credere che sarà così in eterno. Poi arriva San Valentino. Un giorno in cui guardare negli occhi della persona amata e scorgere il colore. In cui mangiare qualcosa che gioca con le tue papille gustative e ricordare i momenti romantici.

«Ma il fatto è questo.» Meditabonda, passò le dita sulla liscia superficie del tavolo di preparazione che aveva davanti. «Se vivete nei vostri sensi, lentamente, con attenzione, se usate gli occhi e la punta delle dita e le papille gustative, allora non vi servirà mai un biglietto d'auguri per ricordare il romanticismo.»

Osservò i suoi allievi, i capelli di Claire ancora arruffati per l'esuberante saluto del figlioletto, l'elegante blazer nero da lavoro di Antonia, la camicia da ufficio di Tom, stazzonata al termine di una lunga giornata.

«Non è sempre facile rallentare la nostra vita. Ma, giusto nel caso ci serva un pizzico d'aiuto, abbiamo un'opportunità naturale, tre volte al giorno, di reimparare la lezione.»

«Il cibo?» suggerì Ian con un sorriso.

«Che splendida idea», rispose Lillian.

«Essendo voi persone sensuali, gli ingredienti rappresentano la vostra principale priorità», dichiarò Lillian, tenendo sollevata la bottiglia di denso olio di oliva verde. «Magnifici, voluttuosi ingredienti coloreranno l'atmosfera di un pasto e di qualsiasi cosa lo segua, così come faranno quelli che sono invece mediocri e a buon mercato.» Versò un'esigua dose di olio su un piatto, poi vi immerse la punta del dito e la leccò con aria contemplativa.

«Prova questo», disse, passando il piatto a Chloe, seduta a un'estremità della prima fila di sedie.

«Sa di fiori», commentò lei, succhiandosi dal polpastrello le ultime tracce di liquido prima di passare il piatto ad Antonia.

Lillian mostrò loro una seconda bottiglia, più piccola e scura della precedente. «L'aceto balsamico davvero sublime si ottiene tramite un procedimento lungo e meticoloso. Il liquido viene trasferito da un barile all'altro, incorporando ogni volta gli aromi di un tipo diverso di legno – quercia, ciliegio e ginepro – diventando più denso e complesso con ogni passaggio. L'aceto vecchio di cinquant'anni è apprezzato e costoso come il vino pregiato.

«Ian, allunga la mano», indicò, e gli versò poche gocce di aceto balsamico, denso come melassa, nella curva di pelle tra il pollice e l'indice.

«Il modo migliore di assaggiare l'aceto balsamico è insieme al tepore della propria pelle», gli spiegò Antonia, tendendo la mano verso la bottiglia.

Dopo che tutti ebbero provato il contenuto di entrambe le bottiglie, Lillian assegnò loro compiti precisi: metà degli allievi avrebbe dovuto grattugiare formaggio e dosare vino bianco, kirsch e amido di mais, l'altra metà lavare la lattuga e affettare pomodori e baguette.

«Helen, metti il formaggio grattugiato e l'amido di mais in un sacchetto di plastica e scuotilo, così l'amido rivestirà il formaggio che si scioglierà in modo più omogeneo», suggerì Lillian. «E tu, Carl, puoi passare uno spicchio d'aglio sull'interno di quella pentola rossa? Qualcuno preferisce lasciare lo spicchio nella pentola, alla fine, o persino aggiungerne altri.»

«Noi cosa faremo?» chiese Claire.

«È *fondue*, fonduta al formaggio, giusto?» intervenne Ian.

«Infatti. Mi è parsa una scelta divertente per il giorno di San Valentino. Qualcuno di voi sa da dove deriva la parola *fondue*?» domandò Lillian alla classe.

«Da *fondre*», rispose Helen senza sforzo. «È francese.»

«Fondere», aggiunse Lillian.

Helen aveva sempre desiderato vivere in Francia, anche se il suo francese, che aveva studiato assiduamente al liceo, dopo il college, il matrimonio e i figli era diventato come una collezione riposta in solaio: le R rotolavano come bitorzolute ruote di triciclo, le coniugazioni dei verbi si mischiavano alla rinfusa senza etichette né organizzazione. Aveva comprato alcune audiocassette in francese e l'allegro scintillio di sintassi e sillabe le procurava piacere, a prescindere dalla goffaggine dei suoi tentativi di imitarlo. Si era sempre chiesta se, avendone l'opportunità, avendo a disposizione una settimana o due per immergersi in un'altra cultura, quella lingua sarebbe chissà come scaturita da lei per divenire un modo di pensare. Cosa avrebbe sognato, se avesse sognato in francese?

La Provenza, quando lei e Carl vi giunsero alla fine di agosto, odorava di lavanda – l'aria, le lenzuola, il vino, persino il latte nel suo caffè, la mattina –, un mondo in acquerello viola chiaro. Helen si ritrovava a inspirare a fondo e lentamente, per attirarlo dentro di sé, per trattenerlo in ogni sua parte.

La mattina si svegliavano al suono di uccelli canterini e campane di chiesa, poi camminavano sugli scricchiolanti sassolini bianchi nel cortile del loro bed and breakfast, fino a uno dei rotondi tavolini di ferro verde sistemati sotto un tiglio. Da un bricco d'argento versavano denso caffè nero e schiumoso latte caldo in grandi tazze bianche che scaldavano le mani. Mangiavano croissant che si scioglievano sulla punta delle dita, spargendo briciole che scomparivano tra i sassi, solo per essere scovate dagli uccelli dopo la loro partenza.

Noleggiarono una piccola auto e passarono giorni a esplorare le strade in salita che serpeggiavano come viti attraverso villaggi abbarbicati in cima a colline, le case di pietra calcarea inzuppate di glicine, le persiane azzurro chiaro o violette o di un verde salvia sbiadito, i profumi del pranzo e della cena che scivolavano fuori dalle finestre come bambini, giocavano in stradine strette che svoltavano e vagavano e non avevano alcun senso, se solo ti preoccupavi davvero di dove stavi andando.

In un minuscolo ristorantino infilato in un angolo di un antico villaggio bianco, marito e moglie fecero un patto, tirando fuori il loro dizionario: Carl giurava di provare qualsiasi pietanza di cui non riuscissero a trovare una traduzione esatta. Per eguagliarne l'audacia, la mattina Helen faceva la spesa nei negozietti della loro piccola cittadina e intavolava stentate conversazioni con il fruttivendolo finché, un giorno, portò a casa trionfante un melone perfettamente maturo, che mangiarono per pranzo imboccandosi a vicenda, la sua polpa tiepida e densa come l'aria.

Nel pomeriggio faceva sempre caldo, un caldo che irrompeva dai finestrini abbassati della loro auto e li faceva ansimare, gravava sulle loro spalle e teste finché alla fine si rifugiavano nella frescura creata dalle persiane chiuse della loro stanza, nella delizia dell'acqua scrosciante nel box doccia piastrellato di bianco, e infine a letto, dove restavano come teen-ager fino all'ora di cena. Solo per rifarlo il giorno dopo, e quello dopo ancora.

«Ecco perché i popoli mediterranei sono così sani», aveva commentato Carl una sera, mentre distendeva languidamente le lunghe braccia sopra la testa.

«*Oui*», ribatté lei, e gli sorrise al di sopra di una pietanza che avevano creduto si sarebbe rivelata un pasticcio tiepido ma in realtà era un assortimento di carni rosa e bianche quasi fredde. (Avrebbero dovuto comprare un dizionario più voluminoso?, si chiesero. No, in realtà non volevano affatto farlo.)

E quella notte lei sognò in francese.

Gli allievi erano in piedi intorno al grande tavolo di preparazione, due allegre pentole rosse accoccolate sui rispettivi supporti alle due estremità, scaldate da piccole vaschette argentee e fiammeggianti poste sotto di esse. Il profumo di formaggio e vino quasi bollenti, reso più pastoso dal calore, si levava languido verso i loro visi, e si ritrovarono tutti a chinarsi in avanti, ipnotizzati dall'aroma e dal fioco gorgogliare sottostante. Lillian prese una lunga forchettina a due rebbi e infilzò uno dei pezzi di baguette nella ciotola vicina per poi intingerlo nella fonduta ribollente e ritrarlo lasciandosi dietro uno strascico nuziale di formaggio che avvolse abilmente sulla posata con un movimento rotatorio. Masticò con aria pensierosa il suo trofeo e bevve un sorso di vino bianco. «Perfetto», dichiarò.

Helen preparò un boccone e si infilò la forchettina tra le labbra, il sapore intenso della gruviera e dell'emmenthal che si mescolavano con il gusto leggermente pungente del vino bianco secco e si fondevano insieme in qualcosa di più tenue, più delicato, che incontrava la salda mano del pane che sosteneva l'intero insieme. Impegnati nel tentativo di nascondersi, quasi nascosti – tanto che lei dovette dare un secondo morso per essere sicura – c'erano il bacio scherzoso del kirsch di ciliegie e un sussurro di noce moscata.

«Quando vivete con i sensi, i vostri gesti non hanno bisogno di essere stravaganti per risultare romantici. Una volta ho avuto uno studente che ha corteggiato una donna con una fonduta fatta sopra un fornellino da campeggio in mezzo a un parco», affermò Lillian.

«Com'è andata?» chiese Ian, curioso.

«Bene», commentò con disinvoltura Lillian, «l'ha conquistata.»

Gli allievi rimasero amichevolmente riuniti intorno alle due pentole rosse; mangiarono, si imboccarono a vicenda, infilzando le forchettine nei cubetti di pane per poi immergerle nella fonduta, ridendo quando il pane minacciava di liberarsi e i loro sforzi di contenimento non apparivano aggraziati come quelli di Lillian.

«*Sacrebleu!*» esclamò Carl. «Sta scappando.»

«Lasci che la aiuti, buonuomo», disse Isabelle, che riuscì solo a spingere il pane dalla forchettina di Carl negli abissi fusi.

«Non è previsto che ci baciamo, quando a qualcuno cade un boccone?» si informò Claire.

«Con cibo del genere, chi ha bisogno di una scusa?» ribatté Carl, poi prese la moglie tra le braccia, suscitando i fischi ammirati dei compagni di corso.

Si sciaquarono il palato con vino bianco e acqua frizzante, lo nettarono con un'insalata a base di lattuga fresca, rossi pomodori rigonfi e olio di oliva denso e ricco con un goccio di aceto balsamico.

«Mi sento piena di vita», dichiarò Claire. «Potrei fare dieci chilometri di corsa.»

«Forse non era esattamente quella, l'idea», commentò Carl, sorridendo.

«È l'ora del dessert», annunciò Lillian. Mostrò una tavoletta di cioccolato lunga e sottile. «Il nome della pianta del cacao è *theobroma,* che significa "cibo degli dei". Tuttavia è destinato a noi perché si dà il caso che il punto di fusione del buon cioccolato corrisponda alla temperatura interna della bocca umana.» Spezzò la tavoletta in quadratini e ne depositò due su ogni piattino bianco.

«Questo è cioccolato fondente, che contiene più cacao di qualsiasi altro tipo. Niente latte e niente zucchero aggiunto in quantità. All'inizio potreste trovarlo non abbastanza dolce, ma la dolcezza non è tutto. Lasciate che vi si sciolga sulla lingua e state a vedere cosa succede.»

Cominciò a passare i piattini bianchi ai vari membri della classe.

«Lillian, Helen non mangia cioccolato», sussurrò Carl quando lei lo raggiunse. «Ci ha rinunciato anni fa.»

Lillian rivolse un'occhiata pensosa alla donna. «Le persone cambiano», commentò in tono mite.

Helen incrociò il suo sguardo e prese il piattino che l'altra le stava porgendo.

Il cioccolato entrò nella bocca di Helen ed ecco là il gusto, esattamente come lo ricordava, come se fosse una parte più profonda, più ricca, di lei. Tutto il mistero, la brama, la passione e la tristezza si amalgamarono, spiaggiati sulla riva della sua immaginazione. E là nella sua mente, come lei aveva previsto, laddove aveva nascosto il ricordo, separato dal resto della sua vita, c'era il suo amante, gli occhi scuri, le mani lisce come il mare, che le portava la cioccolata calda a letto in un pomeriggio freddo. Un'immagine tenuta da parte come l'ultimo dolcetto di Halloween di un bambino, incapsulato, per proteggerla dal suo matrimonio oppure per proteggere il suo matrimonio da essa; lei non avrebbe saputo dirlo.

Seduta nella cucina del ristorante, percepì la propria inspirazione, poi si immobilizzò, trattenendo nella mente il suo amante, un perfetto equilibrio tra piacere e dolore, mentre il quadratino le si scioglieva in bocca e il ricordo, liberato, le fluiva dentro e diventava non l'inizio o la fine di qualcosa bensì una parte della persona che lei era ed era sempre stata.

Buttò fuori il fiato e si portò nuovamente il cioccolato alla bocca, inalandone l'odore tenue, polveroso-dolce, come un solaio in cui sia appesa della lavanda essiccata. E stavolta quello che vide fu l'ampio, candido letto in Provenza, la fresca rigidità delle lenzuola inamidate contro i loro corpi ancora umidi per la doccia, mentre lei rotolava sopra Carl e gli occhi di lui si sgranavano per il suo inaspettato ardire, poi si scurivano per il piacere mentre lei si muoveva dolcemente, poi insistentemente, e le mani del marito le scivolavano su per le gambe per afferrarle i fianchi. Nelle ore successive la lingua di Carl trovava la strada tra le goccioline d'acqua, e in seguito nel sudore della pelle di lei, come se Helen gli fosse stata sia totalmente nuova sia perfettamente nota.

Poi un altro ricordo, senza alcuno sforzo come un'onda che segua la precedente: anni dopo, Carl tra le sue braccia, il corpo scosso da violenti singhiozzi, le labbra di lei sui suoi capelli a sussurrare nei loro caldi e umidi abissi che il padre gli aveva voluto tanto bene, che a lei dispiaceva, le dispiaceva profondamente, che lei c'era e ci sarebbe stata sempre; lui singhiozzava come se piangere fosse un nuovo tipo di respirazione e potesse restarlo in eterno, finché finalmente si calmò e lei lo tenne stretto, in silenzio, fino al termine della giornata, mentre i rumori della strada e delle case e dell'ora di cena intorno a loro aumentavano di intensità e si affievolivano.

E un altro: tornare a casa, un giorno, per trovare una tela bianca e una scatola di colori a olio – azzurro e violetto e verde salvia e bianco, terracotta e terra d'ombra e marrone – disposti sul piccolo scrittoio che lui le aveva costruito e che si inseriva perfettamente nella rientranza in cima alle scale. Guardando fuori dalla finestra sopra la scrivania lei aveva scorto un cavalletto, montato in giardino, scarno e forte davanti all'intrico troppo cresciuto di verde e rosso e bianco e giallo delle loro aiuole. Ricordò la sensazione della pittura che si spostava lungo il tubetto fino alla tavolozza, quella prima volta, il pennello che incontrava la tela come una mano che tocchi la seta, l'orgoglio di Carl quando lei gli aveva mostrato il suo primo dipinto, raggiante di gioia.

E infine il suono di due paia di piedini fasciati dalla tutina che salivano sul loro letto in una mattina di Natale, di buon'ora. Troppo piccoli e, naturalmente, troppo presto. La voce bassa e profonda di Carl che dava il benvenuto ai bambini nel cerchio tiepido dei loro due corpi, le braccia di lei che si allungavano per racchiudere il dolce profumo dei nipotini, la mano che toccava il viso di Carl. E più tardi, troppo pensierosa per dormire, lo stare sdraiata a guardarli mentre la mattina di Natale entrava dalle finestre.

«*C'est fini?*» Lillian le stava toccando delicatamente la spalla, in mano una pila di piattini usati.

Helen alzò gli occhi per incontrare i suoi.

«*Oui*», ribatté, con voce fioca. «*Merci.*»

E le passò il piattino.

La lezione era terminata: il cioccolato svanito da tempo, molte altre bottiglie di vino svuotate. Claire e Isabelle erano di turno con i piatti, le braccia immerse fino al gomito nell'acqua tiepida, mentre lavavano le pentole della fonduta e parlavano di trucchi per aiutare un neonato a dormire tutta la notte. Tom stava aiutando Chloe con i rifiuti riciclabili. Dopo avere finito di pulire i piani di lavoro, Helen e Carl salutarono gli altri e scesero lungo il viottolo di mattoni che collegava il ristorante al cancello.

Ian rimase fermo sulla soglia della cucina a guardarli. Nel misto di luce naturale e luce artificiale, all'inizio parve che Carl e Helen procedessero in fila indiana, ma poi lui vide che le loro mani erano unite, i bordi dei loro cappotti che strusciavano delicatamente sui cespugli di lavanda che bordavano il sentierino.

«Sono davvero adorabili insieme, non trovi?» Antonia andò a metterglisi accanto.

«Sì.» Ian si interruppe. «Mi stavo chiedendo... cioè, vorrei prepararti una cena. Lillian dice sempre che dovremmo fare pratica e...»

«Sì, Ian», rispose Antonia. «Credo che mi piacerebbe.»

Ian

«Lillian's. Come posso aiutarla?» La voce che rispose al telefono nella cucina del ristorante era giovane e maschile. Il suono di piatti e voci tintinnava in sottofondo.

«C'è Lillian? Le dica che è Ian.»

Il telefono piombò fragorosamente sul piano di lavoro in acciaio e Ian rimase ad ascoltare le voci dei cuochi in sottofondo, le loro conversazioni che scivolavano tra i rumori di coltelli che affettavano e acqua che scorreva su piatti e verdura. Lillian prese la linea.

«Ian? Cosa succede?»

«Ha accettato di venire a cena da me. Ora cosa faccio?»

«Cucini, Ian.»

«Lo so, ma cosa?»

«Be'... cosa provi per lei?»

«È bellissima e intelligente e...»

«Intendo dire», la voce di Lillian suonò paziente, «cosa vuoi?»

«Voglio...» Ian si interruppe, poi la voce gli si schiarì. «La vorrei con me per il resto della vita.»

«Allora cucina così.»

Il buono omaggio per il corso di cucina di Lillian, uno spesso ed elegante biglietto color cioccolato, era arrivato il luglio precedente, in una lettera con gli auguri di buon compleanno speditagli dalla madre. Ian aveva telefonato alla sorella, subito dopo avere aperto la busta.

«Sai che cosa mi ha regalato? Lezioni di cucina. È abbastanza ironico per i tuoi gusti? Lezioni di cucina da parte di una donna che non cucinava quasi mai, e le poche volte che lo faceva bruciava quello che stava preparando perché si lasciava assorbire completamente da un quadro su cui stava lavorando.»

«Ian, ti voglio bene.» In sottofondo Ian aveva sentito il suono di bambini in età prescolare che rivendicavano la vittoria o il possesso, difficile stabilirlo. «È il tuo compleanno. Perché non ti fai un regalo e lasci perdere, almeno un po'? Lei è un'artista.»

«Ma perché la cucina, tra tutte le cose possibili?»

«Non lo so, forse dovresti chiederlo a lei.» La sorella di Ian si era interrotta e lui l'aveva sentita togliere l'oggetto del contendere a uno dei bimbi, mandandoli entrambi a strillare amichevolmente nell'altra stanza. «Hai intenzione di frequentarlo, il corso?»

«Certo.» La voce di Ian era suonata spavalda, persino alle sue stesse orecchie. «Qualcuno deve pur imparare a cucinare, in questa famiglia.»

Quando Ian era piccolo saliva di nascosto nella soffitta che la madre utilizzava come studio. Dopo il buio delle scale strette e ripide, la luce nella stanza scintillava come raggi di sole attraverso dei petali, brillante e dorata. Sua madre era in piedi, con il profilo rischiarato dalla finestra, il pennello sospeso a mezz'aria in una mano, e osservava la tela con sguardo scrutatore. Ancora nascosto dalla porta semichiusa, lui aspettava, trattenendo il fiato, il momento che vedeva arrivare: quello in cui l'espressione materna si sarebbe rasserenata per poi farsi gioiosa e il pennello si sarebbe proteso prima verso la pittura e poi verso il cavalletto.

Durante quei primi anni Ian associava l'odore della pittura, denso e inebriante, a quella felicità sul volto della madre. L'unica volta in cui era stato rimproverato, da piccolo – perché era, prevalentemente, un gran bravo bambino, mai tra i piedi, il tipo di figlio che otteneva sempre il massimo dei voti e di cui i genitori si curavano poco – era stato la sera in cui era sgattaiolato su in soffitta mentre la madre e il padre stavano parlando e si era dipinto le mani per poter portare l'odore con sé, pensando che gli avrebbe arrecato la stessa esultanza che vedeva nella madre. Suo padre era stato colto leggermente alla sprovvista dal figlio con le mani azzurre; la madre, dopo avergli spiegato la necessità di fare attenzione con la pittura speciale, gli aveva sistemato un suo cavalletto nel proprio studio, dove per anni Ian aveva lavorato al suo fianco, assorbito dalle volute, dalle forme, dagli arancioni e dai verdi e i gialli e i rossi, dal modo in cui il pennello spostava la pittura sugli spessi fogli di carta da giornale bianca, finché non si era reso conto che gli altri non vedevano mai sulla carta quello che all'inizio si era trovato nella sua mente.

«Non importa, tesoro», gli diceva la madre. «Non è questo il punto, quando si tratta di arte.»

Ma per Ian, che si prostrava davanti all'altare della chiarezza come soltanto un ragazzino ormai vicino all'adolescenza può fare, il punto era esattamente, precisamente quello.

All'età di dieci anni aveva scoperto i computer. All'epoca non ce n'erano, in casa sua; sua madre trovava il concetto più divertente che interessante, e suo padre usava quello dell'ufficio. Ma un amichetto della scuola ne aveva uno e Ian se ne era innamorato nell'istante esatto in cui le sue mani avevano toccato la tastiera. Ecco un compagno di costante coerenza, le cui regole erano inviolabili, se solo le si capiva. E lui le capiva.

Diede il tormento ai genitori per mesi finché, il Natale seguente, trovò sotto l'albero un dono che aveva proprio le dimensioni giuste. Da quando adocchiò il pacco, alle quattro della notte di Natale, rimase seduto lì accanto fino al momento in cui la famiglia aprì finalmente i regali e lui poté estrarre dall'imballaggio di polistirolo il suo trofeo e dargli vita. Da quel momento in poi il computer, o uno dei suoi tanti successori, tenne corte nella sua stanza. Nel corso degli anni, in casa loro ne entrarono altri, ma erano semplici funzionari nella vita della sua famiglia: latori di corrispondenza, assistenti per le ricerche. Ian considerava il proprio computer il migliore degli amici, che si sarebbe fatto altruisticamente da parte per un nuovo modello dotato di una memoria migliore, di un ingegno più pronto. In una casa riempita dalle ambiguità del colore, i suoi primi computer offrivano un rassicurante mondo in bianco e nero.

Ian aveva deciso di non presentarsi impreparato al corso di Lillian, così aveva trascorso il mese di agosto nella cucina del suo appartamento. In veste di ingegnere informatico riteneva che, al pari di qualsiasi altro processo, si potesse affrontare il cucinare come una serie di passi da padroneggiare, capacità fondamentali che si potevano applicare persino, o forse soprattutto, quando ci si trovava dinnanzi al caos di ricette complesse, lavelli stracolmi di pentole e padelle, mensole di spezie rosse e grigio-argento nascoste in vasetti rotondi come mine di memoria.

Cominciò con il riso: puro, bianco, elementare, un'espressione di semplicità matematica: una parte di riso + due parti d'acqua = tre parti di riso cotto. Nulla di superfluo, nulla che andasse perso. Cuocerlo richiedeva solo una pentola massiccia e disciplina, e lui possedeva entrambe le cose.

Fu un disastro. All'inizio usò troppa disciplina e il riso sul fondo della pentola bruciò, diffondendo nell'intero appartamento un odore triste e marrone; poi ne usò troppo poca e il riso risultò acquoso, rifiutando di gonfiarsi. Aggiunse sale e burro, che almeno conferirono alla poltiglia una vaga somiglianza con il pop-corn, in termini di sapore, ma continuava a non essere riso. Non come lui lo desiderava.

Era chiaro che aveva bisogno di aiuto.

L'appartamento di Ian era situato sopra un ristorante cinese che lui frequentava più spesso di quanto gli sarebbe piaciuto fare sapere alla madre. La sala da pranzo era piccola, le pareti dipinte di un colore che lui immaginava un tempo fosse stato rosso, i menu tanto sbiaditi da risultare quasi illeggibili.

La prima volta in cui si era avventurato nel locale risaliva a due anni prima, dopo una lunga e calda giornata estiva passata a traslocare nel nuovo appartamento. Si sentiva stanco e affamato e, una volta accompagnato al tavolo da un'anziana cameriera la cui espressione arcigna lo aveva indotto a sbirciare furtivamente l'orologio per assicurarsi di non essere arrivato dopo l'ora di chiusura, aveva optato per la scelta più sicura e ordinato maiale in agrodolce e riso. Quando il piatto arrivò, lui abbassò lo sguardo su un profumato misto di pollo e zenzero con il verde brillante di cime di broccoli appena scottate.

«Non è quello che ho ordinato», disse alla cameriera, con il massimo garbo possibile, non sapendo ancora bene quanto si sarebbero rivelate variegate le sue opzioni alimentari, nel nuovo quartiere.

Lei lo guardò inarcando un sopracciglio grigio di tutto rispetto e si allontanò.

Erano le nove di sera e Ian era l'unico avventore; quando la porta a vento si chiuse dietro le gambe storte della cameriera, si ritrovò solo con il piatto che aveva davanti. Non sapendo se lei sarebbe mai tornata e decisamente restio a seguirla in cucina, prese le bacchette e diede un morso. Il pollo era morbido, delicato, i broccoli croccanti e distintamente vivi, e lo zenzero insaporiva il tutto come l'improvviso moto provocante di una gonna corta. Il dolore dei muscoli causato dal continuo sollevare e trasportare gli scatoloni del trasloco, la generale ansietà che lo avviluppava sempre quando si trovava ad affrontare qualcosa di nuovo e non familiare, lo abbandonarono come l'ultimo treno del giorno, lasciandolo tranquillo e rifocillato. Mangiò lentamente e in maniera ponderata, ignorando qualsiasi idea di portarsi a casa gli avanzi per il pranzo dell'indomani. Quando finì, la donna anziana tornò.

«Buono?» chiese. Lui annuì, grato.

Le mani di lei impilarono malamente i piatti. «Torna ancora», disse.

Ian lo fece, e non una volta si vide portare quanto aveva ordinato. Valutò l'ipotesi di prendere atto della situazione e dichiararsi semplicemente in balìa della cucina, ma in fondo si rese conto di esserlo già: la sua ordinazione era come una battuta in una commedia già scritta, battuta senza la quale il resto non sarebbe più stato lo stesso. E così, ogni volta, presentava una richiesta che sapeva sarebbe stata ignorata e deponeva la sua fiducia davanti alle porte della cucina, dalla quale, come in riconoscimento di un test da lui superato, uscivano piatti di delicata complessità e sapori scintillanti, che comparivano raramente, se non mai, sul menu vero e proprio.

La sera del riso acquoso, Ian abbandonò il suo esperimento culinario fallito e scese le sbiadite scale rosse dello stabile fino a raggiungere il ristorante al pianoterra. La cameriera gli indicò il suo solito tavolo accanto alla finestra.

«Sa cucinare il riso?» le chiese di colpo lui mentre si sedeva.

La donna lo fissò.

«Insomma, è ovvio che lo sa cucinare, mi chiedevo solo se potesse spiegarmi come si fa.»

«Perché? Tu mangi riso qui.»

«Voglio imparare a prepararlo.»

L'anziana donna notò l'urgenza nella sua voce; lo osservò con maggiore attenzione, annuì. «Non cucini il riso, te ne prendi cura», affermò. «Ora vado a prendere la tua cena.» Tornò in cucina senza nemmeno fingere di chiedergli l'ordinazione.

Tornato nel suo appartamento, Ian stringeva una larga ciotola metallica, con uno strato di riso che giaceva come il fondo di un oceano sotto vari centimetri di acqua fresca. Intinse la mano nel liquido e fece ruotare le dita in senso orario. Sentì i chicchi, delicati come fiocchi di neve, scivolargli tra le dita, osservando bianche nubi perlescenti di amido diffondersi nell'acqua come il cambiamento meteorologico nel cielo.

Quando l'acqua fu talmente densa di amido da consentirgli a malapena di vedere il riso, posò un colapasta nel lavandino e vi svuotò la ciotola; il riso scorse giù insieme al liquido finché le ultime tracce non piombarono finalmente, con un tonfo, nel contenitore bucherellato. Rimise il riso nella ciotola, la riempì d'acqua e ripeté il procedimento, più e più volte, finché l'acqua non rimase limpida e lui riuscì a distinguere ogni singolo chicco di riso sul fondo.

Lo scolò un'ultima volta e mise la pentola sul fornello. Guardò il riso nel colapasta, rifletté per un istante, poi versò un po' meno di due tazze di riso nella pentola e alzò il fuoco.

Una volta perfezionato il riso passò alla polenta, poi al pesce leggermente grigliato sul barbecue giapponese che sistemò sul minuscolo balcone fuori dalla finestra della cucina. Alla fine di agosto aveva già piazzato lì anche alcuni vasetti di erbe aromatiche, e il profumo di basilico e origano ed erba cipollina salutava il suo naso non appena lui apriva la finestra, la mattina. Scoprì un mercato contadino vicino alla fermata dell'autobus, sul tragitto di ritorno dal suo ufficio in centro. In un negozio di articoli gastronomici comprò un bel coltello affilato e cominciò a fare esperimenti, affettando verdura in modo tradizionale o alla julienne, tagliando la carne lungo il filo e perpendicolarmente a esso, spiccando il basilico con le forbici e poi staccandolo con le dita per vedere se il gusto cambiava.

Trovò un emporio che vendeva spezie all'ingrosso, comprandone giusto il tanto necessario, il che gli forniva un pretesto per tornare a gironzolare nel negozio, annusando contenitori con nomi che non riconosceva. Una volta portò un sacchetto di una spezia particolarmente affascinante nel ristorante cinese e lo mostrò alla cameriera. Lei inalò a fondo e poi, con un'espressione divertita, portò il sacchetto in cucina, tornando pochi minuti dopo con un piatto che profumava della sua fragranza. Con il passare del tempo divenne una sorta di gioco. All'inizio frustranti, le ricette delle varie pietanze divennero qualcosa che lui non vedeva l'ora di indovinare, una sfida che gli teneva compagnia, intrattenendolo nel bel mezzo di un ingorgo del traffico o mentre era in attesa durante una telefonata di lavoro. Si ritrovò a mangiare più lentamente, ogni boccone una chance per decifrare una parte del puzzle, finché alla fine il rompicapo non fu più un insieme di vari tasselli ma semplicemente la sensazione di una salsa tiepida che gli scivolava giù per la gola, il crocchiare di una castagna d'acqua contro il bordo dei suoi denti.

Quando il corso di cucina iniziò, Ian aveva più domande che risposte. Si ritrovò a leggere libri di chimica dopo la lezione sulla lievitazione delle torte, a tentare di fare la pasta fresca da solo dopo la cena del Ringraziamento. Osservando i compagni di corso si chiese da dove provenissero, cosa portassero con sé, come se anche loro fossero ricette che poteva arrivare a capire. Dove il viso di Claire avesse preso il suo miscuglio di eccitazione e sfiducia, quella prima sera, cosa inducesse Isabelle a rammentare le cose che ricordava o cosa avesse posto Tom all'interno di un così impenetrabile cerchio di dolore. E poi c'era Antonia, sempre Antonia, con la sua pelle olivastra e i capelli scuri, la voce che tentava meticolosamente di orientarsi tra i suoni e le sillabe americani che parevano troppo banali e goffi per la sua bocca sensuale.

Aveva trovato accattivante l'esitazione con cui Antonia utilizzava la lingua inglese, e il suo desiderio di proteggerla fu intenso fino al giorno in cui la incontrò al mercato contadino. L'aveva riconosciuta da circa cinque metri di distanza e si era subito diretto verso di lei, sperando di poterla aiutare a superare qualche barriera linguistica, la sua assistenza una degna introduzione a qualche altra chiacchierata. Ma mentre le si avvicinava vide le mani di Antonia volare, come se liberate. Lei stava ridendo, le sue parole inintelligibili per Ian, ma perfettamente comprensibili per il fruttivendolo italiano dietro il banco, i loro volti radiosi per la gioia di giocare nella cascata della propria lingua.

Ian rimase fermo dietro di lei, inspirandone la felicità, finché il fruttivendolo non gli scoccò una brusca occhiata e disse rapidamente qualcosa ad Antonia, che si girò verso di lui, il viso ancora illuminato dalla conversazione.

«Sì, sì, lo conosco», rispose. «Ciao, Ian.»

E, senza riflettere, l'anima di Ian entrò nel tepore irradiato dall'espressione di lei.

Poche settimane dopo, Antonia gli aveva telefonato per chiedergli aiuto. C'era un pavimento, disse, che doveva essere «fatto sparire», in modo che i suoi clienti capissero com'era importante conservare cose pregiate e autentiche. Ian non menzionò l'apparente ironia del liberarsi di qualcosa allo scopo di conservarlo; si limitò a dirsi d'accordo e ringraziò il destino di avergli mandato anni prima, l'ultima estate prima del college, un lavoro come operaio edile.

Avevano passato un sabato lungo e impegnativo, staccando quadrati di linoleum, ingollando l'una dopo l'altra minuscole tazzine dell'espresso preparato da Antonia sulla grande cucina a gas nera e di cui lui non aveva certo bisogno per accelerare il battito cardiaco. A metà giornata fecero una pausa e lei tirò fuori il pranzo che aveva portato: pane dalla crosta dura, prosciutto e mozzarella fresca, una bottiglia di vino rosso.

«È così che facciamo un picnic, in Italia», gli spiegò, radiosa.

«Niente burro di noccioline e marmellata?» domandò lui.

«Che cosa sono?» scherzò Antonia.

Ian sorrise. «Allora, come mai ti sei trasferita qui?» chiese, curioso.

Lei rifletté per un attimo sulla domanda. «Be', Lucca, il

posto dove sono cresciuta, era splendida, come un bagno caldo. Così bella, e tutti così affettuosi. Sapevo sempre cosa fare. Se qualcuno mi invitava a cena, sapevo cosa portare. Conoscevo gli orari del mercato; potrei dirti, in questo preciso istante, quand'è il prossimo treno per Pisa. Non c'era nulla che non andasse, volevo semplicemente... com'è che si dice? Una doccia fredda? Risvegliare la mia anima.»

Ian tentò di immaginare cosa significasse sentirsi talmente sicuro sul da farsi da essere disposto a lasciare tutto, a trasferirsi altrove, solo per provare l'incertezza. Lei parlava con una profonda sicurezza di sé, come se un bagno caldo fosse qualcosa che si poteva ottenere aprendo qualsiasi rubinetto. Forse, pensò, per Antonia era davvero così. Ascoltandola si rese conto di avere trascorso la vita alla ricerca della stessa cosa da cui lei si era allontanata. Era in procinto di dirglielo, ma poi si fermò. Il viso della giovane donna stava cambiando espressione come il riflesso del sole che si sposti sull'acqua, e Ian si rese conto che, più che raccontarle cosa pensava, desiderava sentire cosa avrebbe detto lei, desiderava guardare le sue mani guizzare nell'aria come passerotti.

«Ricordo», continuò Antonia, «il momento in cui sono sbarcata dall'aereo a New York. Tutte quelle tonanti voci americane che cozzavano l'una contro l'altra. Non ne avevo mai sentite così tante tutte insieme. Pensavo di sapere l'inglese ma non riuscivo a capire... le parole mi sfrecciavano accanto, e a volte una mi colpiva e io tentavo di aggrapparmici. Ma erano veloci, velocissime.» Scosse mestamente il capo. «Mi sentivo così stupida.»

«Non sei stupida», ribatté enfaticamente Ian.

«No», replicò lei, gli occhi limpidi. «Non lo sono. Ma vedi, in fondo credo che talvolta non sapere le cose sia un vantaggio.»

«Perché?»

«Se non conosci la risposta, ogni cosa si trasforma in... una possibilità.» Si interruppe. «Sembro audace, invece non lo sono: ero spaventata. Ed è estenuante, non sapere le cose. Quando sono arrivata qui ho bevuto *half and half** per tre settimane; gli americani sono così ricchi, forse lo è anche il loro latte, pensavo.» Scoppiò a ridere.

«Adesso come va?» chiese Ian.

«Meglio. Adesso compro il latte.» Lei sorrise. «Sto scherzando. Ma va meglio, davvero. Ogni anno che passo qui vedo più cose che mi sono familiari; so che gli americani intagliano zucche per Halloween o si mandano biglietti di auguri natalizi o cucinano quegli enormi tacchini...» Arricciò il naso. «Sai qual è la cosa migliore?» chiese. Lui scosse il capo. «Il corso di cucina. Tutte quelle persone... vogliono tutte vedere qualcosa in un modo diverso, come facevo io, ma siamo insieme.»

Si interruppe, imbarazzata. «Parlo troppo.»

«No», ribatté Ian. «È magnifico.» La fissò a lungo. «Sai, io ho sempre provato l'esatto contrario. No, davvero», scoppiò a ridere vedendo la faccia di Antonia, «il mio unico desiderio era sentirmi sicuro delle cose. Ascoltarti mi fa ripensare a un cucciolo che ho visto l'altro giorno nel parco. Si è buttato nel lago inseguendo una palla. Non si è mai chiesto se la palla avrebbe galleggiato o se nel lago esisteva un fondo o se avrebbe avuto abbastanza energia per riguadagnare la riva o se il suo padrone sarebbe stato là, al suo ritorno...» Rallentò, nervoso. «Non che io ti consideri simile a un cane.»

«Certo che no», disse lei, divertita. Continuarono a staccare il linoleum per un po'; ormai il pavimento di abete era chiaramente visibile, gli arancioni e i gialli scintillanti del legno trasformavano la stanza, rendendola più tiepida, più viva, parte del mondo esterno quanto di quello interno.

«Sai, Ian», aggiunse, «mio padre diceva sempre che una persona ha bisogno di un motivo per partire e di un motivo per andarsene. Ma a volte penso che il motivo per andarsene sia talmente grande, ti riempia a tal punto, che non rifletti nemmeno sul perché stai per partire, lo fai e basta.»

«E tu pensi semplicemente che riuscirai a tornare a riva?»

«E con la palla.» Antonia scoppiò a ridere.

* Prodotto costituito per metà da latte e per metà da panna. (*n.d.t.*)

Dopo l'appuntamento per il linoleum, come lui preferiva considerarlo, Ian aveva trovato difficile concentrarsi su qualsiasi cosa non fosse Antonia. Ciò nonostante, gli ci erano voluti mesi per trovare il coraggio di invitarla a cena. In realtà, se non fosse stato per Lillian e per un'energica gomitata nelle costole da parte di Chloe, avrebbe potuto benissimo non trovarlo mai.

Ma Antonia aveva accettato, come se stesse aspettando la proposta, come se avesse trovato affascinante l'esitazione di Ian, il che servì solo a renderlo più nervoso man mano che la serata si avvicinava.

Prese il telefono e digitò il numero della madre. Quando la donna rispose, la sua voce sfoggiò un tono eccitato che, come Ian ben sapeva, indicava che lei era a metà di un nuovo dipinto.

«Posso richiamarti», si affrettò a dire lui.

«No no, ho visto che eri tu.» La voce di sua madre suonava felice. Ian si immaginò un quadro pieno di gialli e di azzurri.

«Come stai?» chiese lei.

«Tutto bene. Il lavoro è okay.» Lui si interruppe. «Sto seguendo il corso di cucina.»

«Come procede?»

«Come mai mi hai regalato un corso di cucina?» Le parole gli sgorgarono dalla bocca non sollecitate. «Insomma, tu non cucinavi mai.»

«No, non tanto.» Ian riuscì quasi a udire il sorriso della madre.

«Allora perché mi hai regalato un corso di questo tipo?»

«Be'», lei si interruppe, cercando le parole, «quando dipingo, questo mi dà gioia. Volevo che succedesse anche a te.»

«Io non sono un pittore, mamma.»

«Forse no, ma sei un cuoco.»

«Come l'hai capito?»

«Forse grazie alla faccia che facevi quando assaggiavi qualcosa preparato da me.» La sua risata corse lungo i fili del telefono. «Non preoccuparti, tentavi davvero di mostrarti educato, al riguardo. Allora», continuò poi, «cosa hai intenzione di cucinare, per lei?»

«Lei chi?»

«La donna.»

«Come fai a sapere che ce n'è una?»

«Sai, Ian, anche se mi dedico alle arti visive, ho comunque delle orecchie.» Di nuovo quel sorriso. «Inoltre me l'ha detto tua sorella. Cosa hai intenzione di cucinare?»

«Non ne sono ancora sicuro», rispose Ian, esitante.

«Ma un'idea ce l'hai...» lo blandì la madre.

«Sì», rispose lui, e tutt'a un tratto lo seppe. «Stavo pensando al *boeuf bourguignon.* Qualcosa di ricco e confortante. Con un intenso vino rosso che le stia alla pari. Lei è così. E magari un tiramisù per dessert, tutti quegli strati di biscotti e panna montata e rum e caffè. E un espresso, senza zucchero, per contrasto.»

Si fermò, imbarazzato. Si rese conto di parlare proprio come una persona che conosceva, poi si accorse che stava parlando *con* lei.

L'appartamento di Ian era piccolo, la distinzione fra tavolo da pranzo e tavolo di cucina più psicologica che fisica, e comunque era abbastanza ampio per due persone. Ma lui aveva comprato una tovaglia rotonda di lino bianco e preso in prestito massicci candelabri d'argento dall'anziana vicina del piano di sotto che chiedeva soltanto che l'indomani lui le riferisse ogni dettaglio, pagamento che il giovane sperava ardentemente di potere ipotecare. Aveva riflettuto per una lunga mezz'ora, nel negozio di fiori, su cosa avrebbe dovuto comprare, finché la proprietaria esasperata aveva semplicemente aperto l'enorme frigorifero pieno di rose e margherite e garofani e ce lo aveva spinto dentro.

«Scelga lei stesso», aveva detto, e Ian li aveva visti sul fondo, tranquillamente adagiati su uno scaffale sopra i secchi di plastica bianca contenenti garofani rossi e margherite gialle. Tulipani di un opaco rosa scuro, un tocco di nero sui bordi. Erano costati quasi quanto la bottiglia di Côtes du Rhône sistemata sul fondo del suo sacchetto della spesa, ma non gli importava.

Lo stufato di manzo stava gorgogliando nel forno, i profumi di carne e vino rosso, cipolle e alloro e timo che bisbigliavano come viaggiatori a bordo di un treno di tarda serata. In cucina aleggiava l'umidità prodotta dal calore della cottura; lui aprì la finestra sopra il lavandino e il profumo delle piantine di basilico e origano sul davanzale si destò con la brezza. Rimase fermo lì davanti, l'acqua insaponata calda gli scivolava tra le dita mentre lavava pentole e padelle che sistemava poi sullo scolapiatti di legno, sentendo l'aria fresca corrergli sulla pelle umida. Quando la cucina fu pulita, prese le bottigliette formato mignon di rum scuro e Grand Marnier, poi gli ingredienti trovati nel negozio italiano al capo opposto della città: denso mascarpone bianco, panna da montare, tavolette di cioccolato fondente e al latte e bianco, lucidi chicchi di caffè nero per l'espresso, e una scatola azzurra di pallidi savoiardi. Li allineò accuratamente sul piano di lavoro, aggiungendo un barattolo di zucchero e quattro uova, fresche di frigorifero.

Osservò il gruppo riunito davanti a lui. «Lo stiamo facendo per lei», disse, «e non l'ho mai fatto prima, quindi un piccolo aiuto sarebbe davvero gradito.»

Cominciò con una cosa nota. Dal pensile accanto al lavello prese una piccola caffettiera, comprata nel weekend successivo all'appuntamento per il linoleum con Antonia. Al pari della cottura del riso, all'inizio la caffettiera si era rivelata una fonte di frustrazione, ma con il passare delle settimane, mentre Ian si esercitava imparando i trucchi e i desideri della semplice macchinetta, la preparazione della tazzina di espresso era diventata una componente rituale della sua mattinata, necessaria quanto una doccia, familiare e tranquillizzante come annaffiare i vasetti sul davanzale. Quindi fu con un senso di facile affetto che riempì d'acqua la base e poi macinò i chicchi. Quando il suono nel macinino passò dal tintinnio di chicchi all'ansimante ronzio delle lame, spense l'apparecchio e versò meticolosamente qualche cucchiaiata di caffè macinato nel filtro della caffettiera, usando la base del pollice per pressare la morbida massa marrone, sentendo la polvere di caffè cedere sotto il suo dito come finissimo terriccio tiepido, la consistenza confortante, familiare.

Come doveva essere stato difficile per Antonia, pensò, balzare al di là dell'oceano e lasciare tutti i suoni e gli odori, i gusti e le consistenze che conosceva da sempre. Negli ultimi tempi lui si rendeva sempre più conto di quanto quelle stesse cose costituissero la sua vita. Se avesse raccontato a qualcuno, in ufficio, della piccola esplosione di piacere provata ogni volta che scoperchiava il macinino, lasciando così che il profumo del caffè macinato si diffondesse nel suo appartamento, avrebbero riso di lui; eppure, ultimamente, Ian notava cose del genere. Come il suo senso dell'equilibrio venisse rafforzato dalla visione delle pareti rosse del ristorante cinese al piano di sotto o dalle conversazioni degli allievi intorno al tavolo di preparazione nella cucina di Lillian dopo che la lezione era ufficialmente terminata ma nessuno aveva davvero voglia di andarsene.

Mise la caffettiera sul fornello e rimase nuovamente in ascolto, mentre l'acqua si scaldava per poi bollire, salendo come un piccolo e trattenuto tornado attraverso i chicchi macinati. Poi il caffè gorgogliò nello scomparto superiore e la cucina si riempì del profumo, trasportato dal vapore, puro e intenso, come la prima badilata di terriccio dopo un acquazzone primaverile.

Più di chiunque altro lui conoscesse, Antonia portava con sé queste piccole cose, nel milione di dolci, meticolosi rituali che ancora componevano la sua vita, a prescindere dal paese in cui lei si trovava. Ian lo vedeva nel modo in cui lei affettava il pane o beveva il vino; nella stravagante torre che aveva costruito con le piastrelle di linoleum divelte, solo per il gusto di farlo o magari per godersi l'espressione sul viso di lui quando era rientrato nella grande vecchia cucina e l'aveva vista, un cordiale benvenuto, un momento di creatività nel bel mezzo di un progetto accaldato e sporco. Antonia trasformava in celebrazioni cose che lui aveva sempre liquidato come momenti da attraversare di corsa lungo il tragitto verso qualcosa di più importante. Standole vicino scopriva che persino le esperienze di ogni giorno erano più profonde e ricche di sfumature, soddisfazione e consapevolezza infilate tra gli strati della vita come messaggi d'amore nascosti tra le pagine di un libro di testo.

L'espresso si riversò, in uno scuro torrente serico, nella piccola ciotola bianca. Ian aprì le bottigliette di rum e Grand Marnier, udendo il lieve *crac* del sigillo, inspirando prima di aggiungere al caffè il liquido marrone chiaro e quello dalla pura tinta dorata. L'alcol risultò forte e aromatizzato; parve scivolare senza sforzo dall'aria nel suo flusso sanguigno, dalla bottiglietta nell'espresso, indugiandovi poi pigro e rilassato, cinquanta grammi di segreti in attesa sul fondo di una ciotola grande come la sua mano.

Il grosso guscio d'uovo bianco si spezzò subito contro il lato della ciotola metallica del mixer. Lentamente, Ian passò il tuorlo di un arancione scintillante dall'una all'altra metà del guscio, più volte, lasciando infine cadere l'albume trasparente nella ciotola sottostante. Mise i tuorli in un pentolino metallico sul fornello, per poi amalgamarvi lo zucchero mescolando.

A questo punto si addentrò in un territorio non familiare. La ricetta gli diceva di scaldare e montare tuorli e zucchero finché non cambiavano colore «come lo zabaione», un termine che lui non conosceva. Antonia lo avrebbe saputo, ne era sicuro, ma Ian voleva che il suo tiramisù fosse una sorpresa. Lanciò una rapida occhiata all'orologio e scoprì, allarmato, che lei sarebbe arrivata di lì a quindici minuti. Accese il fuoco, al minimo, sotto il pentolino e sistemò il suo computer portatile sul piano di lavoro, cercando su Internet «zabaione». Ma prima che riuscisse a digitare la parola, i tuorli nel tegamino si stavano già rapprendendo in dure palline strapazzate che nessuna quantità di frenetica battitura riuscì a salvare.

Ricominciò da capo. Lavò il pentolino, chiuse il computer. Stavolta prese il frullino elettrico e lasciò che le fruste sfiorassero delicatamente la superficie dei tuorli mentre questi si scaldavano, aggiungendo lo zucchero al liquido quando si addensò, formando piccole onde lungo il bordo del recipiente. Osservò il composto farsi più sodo e trattenne il fiato in previsione di un'altra catastrofe ma, mentre lui guardava, uova e zucchero assunsero miracolosamente una tinta più chiara, un giallo confortante; il composto ricadde in lunghi nastri sinuosi quando lui spense il frullino e ne allontanò delicatamente le fruste dal pentolino.

Mentre i tuorli si raffreddavano utilizzò il frullino con i bianchi d'uovo, aumentandone la velocità tanto da spedire bollicine ridacchianti sul lato della ciotola, dove da poche divennero tante fino a trasformarsi in una spuma bianca che si sollevò per poi depositarsi di nuovo, formando volute e creste, lasciando un intricato disegno simile alle nervature di una foglia nella scia delle fruste.

Poi il mascarpone. Più leggero e un po' più dolce del formaggio cremoso, scivolò nel composto di tuorli e zucchero ormai raffreddatosi, trasformando la crema pasticcera in panna color del burro appena fatto. I tuorli e il mascarpone, più pesanti, si insinuarono con un sospiro negli albumi montati a neve; sotto la sua mano il composto divenne ancora più leggero finché parve gonfiarsi, e il cucchiaio prese a muoversi attraverso di esso senza sforzo alcuno.

La panna da montare fu l'ultima, diventando più turgida invece che più soffice sotto l'effetto della sbattitura, le vette che alla fine si protendevano verso l'alto per incontrare le fruste persino mentre Ian le ritraeva per potere aggiungere una tenue nevicata di cioccolato bianco grattugiato.

Soddisfatto, mise da parte la ciotola e prese i savoiardi. Da bambino aveva mangiato le lingue di gatto: spugnose, morbide, parte di un dessert di cioccolato montato da riporre in freezer, biscotti ovali allineati in verticale lungo l'esterno del dolce come debuttanti in fila per accogliere gli invitati. I savoiardi invece erano sodi, deliziosamente croccanti. Li allineò, l'uno dopo l'altro, sul fondo di una terrina di vetro e intinse un pennello nel caffè misto a rum e

Grand Marnier. Ne passò fluidamente la punta sopra i biscotti, ogni pennellata un po' più lunga della precedente, e osservò il liquido penetrare nella loro superficie, come pioggia sulla sabbia del deserto.

Quando i biscotti furono impregnati di liquido, vi adagiò sopra uno strato del cremoso composto a base di uova e mascarpone, che calò leggero come un piumino d'oca su un letto. Quando furono totalmente ricoperti prese un coltello affilato e lo passò lungo il bordo della tavoletta di cioccolato fondente, duro e denso, facendo ricadere una polvere scura e vellutata sulla cremosa superficie bianca, poi il cioccolato al latte, le cui scaglie si arricciarono come trucioli di legno. Ripeté l'intero procedimento, ancora e ancora, finché la terrina non fu quasi piena, una torre di biscotti e crema e cioccolato. Poi spalmò sulla superficie uno strato di morbidezza quasi impossibile, fatto di cioccolato bianco e panna montata.

Passò un dito lungo il bordo del tiramisù, portandoselo poi alla bocca. La consistenza risultò tiepida e soffice, come labbra che si socchiudessero sotto le sue, il gusto sontuoso e urgente, misterioso e confortante.

Ian rimase fermo ad aspettare Antonia, ogni suo senso all'erta e completamente vivo, e pensò che se le stelle fossero improvvisamente piombate nella sua cucina, in un'enorme e gloriosa esplosione, ne sarebbe stato a malapena stupito.

Epilogo

La porta d'ingresso del ristorante era aperta, la luce che traboccava sulla veranda e nel giardino. Fuori dal cancello, il mondo passava frettoloso, correndo in banca prima dell'ora di chiusura, scendendo dall'autobus di ritorno dal lavoro. Dentro, il giardino era quieto e silenzioso. Le sedie Adirondack restavano vuote nella fresca aria serale di fine aprile; i rami dei ciliegi erano appesantiti da fiori rosa e bianchi, i petali cadevano come neve di primavera sui narcisi gialli sottostanti.

In sala da pranzo il tavolo era apparecchiato per dieci. Gli allievi stavano arrivando alla spicciolata già da un po', risalendo il vialetto, salutandosi a gran voce, dirigendosi verso la porta della cucina sul retro solo per reindirizzare i propri passi, con una risata felice, verso la facciata del ristorante, dove il profumo di pane appena sfornato e agrumi li invitava a entrare.

«Siamo davvero eleganti, stasera», disse Carl mentre varcava la soglia. Passò a Lillian un mazzo di rose color crema, inframmezzate di lavanda e rosmarino. «Queste sono per te.»

«Che belle», ribatté lei, la voce illuminata dallo stupore.

Helen le diede un bacio sulla guancia.

«Vado solo a prendere dell'acqua per i fiori», mormorò Lillian, e andò in cucina a cercare una caraffa in cui metterli.

Isabelle si avvicinò alla coppia, gli occhi che danzavano, la mano posata sulla spalla di Chloe. «Helen e Carl, vorrei presentarvi la mia nuova coinquilina.»

«Sono come il cucciolo comparso davanti alla porta all'improvviso.» Chloe sorrise.

«È perfetto», commentò Helen, annuendo per la soddisfazione. «E Chloe, stasera sei semplicemente splendida.» La ragazza chinò il capo, un sorrisino sul volto.

«Credo che potresti non essere l'unica ad avere una nuova convivente, Isabelle», dichiarò Carl, inarcando il sopracciglio in direzione di Antonia e Ian, che stavano conversando da una parte, le dita intrecciate.

«Be', era ora», disse Chloe, tornando in forma. «Ehi, dov'è Claire?»

«Eccomi, eccomi; la baby-sitter era in ritardo.» Claire arrivò ridendo, accompagnata da un uomo alto dai ricciuti capelli biondi. «Volevo farvi conoscere mio marito, James. Ha sentito parlare così tanto di voi, mi è sembrato più che giusto portarlo, e Lillian ha detto che andava bene.

«James», disse poi, guidandolo fino alla porta vicina alla cucina, «questa è Lillian.»

Quando Lillian allungò la mano per salutarlo, Chloe corse da Claire e la portò via con sé.

«Claire, ho bisogno del tuo aiuto con l'insalata», spiegò con insistenza.

Lillian si rivolse a James. «Hai una moglie adorabile.»

«Grazie», ribatté lui. I suoi occhi vagarono in giro per la stanza, registrando la *boiserie*, il lungo tavolo, il giardino fuori dalle finestre che sfavillava nel crepuscolo. «Claire le ha detto che ci siamo fidanzati qui?»

«Sì», rispose Lillian, sorridendo. «Saperlo mi rende felice.»

«L'ha resa felice, stare qui.» James si voltò a guardare la moglie, che stava ridendo in cucina insieme a Chloe. «Grazie.»

«Noi non abbiamo fatto altro che cucinare.» Lillian alzò una mano per togliere la farina di riso che gli macchiava la spalla. «Il lavoro duro lo hai fatto tu.»

Tom entrò dalla porta d'ingresso e Isabelle si girò a salutarlo. «Tom, mio salvatore», disse, raggiungendolo, la mano protesa. «Saresti così gentile da scortarmi fino al tavolo della cena?»

«Ho pensato che per la nostra ultima sessione dovremmo festeggiare la primavera», dichiarò Lillian, uscendo dalla cucina con una grossa zuppiera azzurra tra le mani. «Le prime cose verdi che spuntano dal terreno morbido. Ho sempre pensato che l'anno inizi in primavera più che in gennaio, comunque. Amo l'idea di prendere i primi asparagi e inserirli in un risotto caldo e cremoso. Celebra entrambe le stagioni e ti porta dall'una all'altra con pochi bocconi.»

Si passarono la zuppiera intorno al tavolo, usando il grande cucchiaio d'argento per servirsi abbondanti porzioni. Poi toccò all'insalatiera, lattuga fresca, cipolle violacee e fettine d'arancia, con un goccio di olio e limone e succo d'arancia. Poi un cestino di pane, riempito da un cumulo di fette fragranti, tiepide.

«Sto mangiando la primavera», disse Chloe in tono riflessivo, prendendo un poco di asparagi. «Non riesco a credere di non avere mai amato la verdura.»

«Qualcosa mi dice che a casa di Isabelle non riuscirai a farla franca», commentò Claire.

«Lillian», chiamò Antonia lungo il tavolo, «volevo dirtelo: ho due nuovi allievi per il tuo prossimo corso. Si sono appena sposati.»

«E scommetto che per puro caso si ritrovano ad avere una magnifica cucina nuova», commentò Helen. Antonia annuì, arrossendo.

«Brindo alle cucine», proclamò Carl.

«E io a quello che ne esce», aggiunse Antonia, levando il bicchiere in direzione di Lillian.

I piatti erano vuoti, gli ultimi bocconi mangiati con sospiri di soddisfazione. Le sedie erano scostate dal tavolo e le conversazioni vagavano come gli affluenti di un grande fiume verde. Lillian, a capotavola, si alzò e tenne sollevato il bicchiere, picchiettandovi delicatamente contro la forchetta.

«Ho un annuncio da fare», affermò. La tavolata si zittì. «Avrò una nuova apprendista in cucina. Spero che tutti voi verrete spesso ad assaggiare quello che prepara.» Allungò una mano verso l'angolo della stanza alle sue spalle e prese una candida tenuta da chef, che posò di fronte a Chloe; la ragazza alzò gli occhi, l'orgoglio che le si diffondeva sul viso, mentre gli altri applaudivano.

«Oh, che tesoro», mormorò Isabelle a Tom, «credo stia per piangere.»

«Ora, chi è pronto per il dolce?» chiese Antonia. «Ian ha preparato una cosa davvero speciale.»

L'ultimo piatto era stato lavato, il pavimento della cucina brillava. Claire e James, che si erano offerti di dare una mano con le ultime pulizie, avevano infilato i grembiuli nel cestone della biancheria sporca e stavano scendendo lungo il viottolo, Claire piegata sonnacchiosamente verso la spalla del marito. Lillian era in piedi accanto al piano di lavoro in legno. La cucina odorava di acqua e sapone, l'aria che vibrava di cordialità e di una corrente sotterranea di desiderio sottile come zafferano, polverosa-dolce come dragoncello.

Era stato un buon corso, pensò lei, e la primavera era già negli alberi. Presto ne sarebbe iniziato uno nuovo. Lillian avvertiva sempre un pizzico di tristezza, a questo punto, se lo aspettava addirittura. Ma stavolta provava più rimpianto del solito. Aveva sempre amato essere l'insegnante, quella che conosceva le spezie che avrebbero ridestato un ricordo, sanato un cuore. La divertiva racchiudere la conoscenza nella sua mente come un segreto, indovinare il dono per ogni studente. Ma questa classe era diversa. Questi allievi si donavano gli uni agli altri, tentando di instaurare rapporti con una grazia squisita. Vedeva i legami che si erano creati fra le loro vite, legami destinati a durare. "In quale punto del quadro si inserisce un'insegnante quando non c'è più una classe?" si chiese. Toccò delicatamente la punta delle rose e le sistemò sul largo davanzale della finestra.

Il posto dell'insegnante era in cucina, naturalmente. Scuotendo la testa, si diresse verso la porta sul retro.

«Lillian?»

Tom era fermo ai piedi degli scalini, il bavero rialzato per ripararsi dal fresco dell'aria serale. In un giardino pieno di ciliegi, lei sentì profumo di mele.

«È ancora presto», disse Tom, la voce che si protendeva verso di lei attraverso lo spazio vuoto. «Ti andrebbe di fare una passeggiata? C'è una storia che mi piacerebbe raccontarti.»

Lillian si voltò a guardare la stanza alle sue spalle, i piani di lavoro puliti, la cella frigorifera pronta per le consegne del martedì. Ascoltò per un attimo il ronzio del frigorifero, i sussurri dei fiori nel vaso, poi spense la luce e uscì dalla cucina.

RINGRAZIAMENTI

Questo libro è stato un dono, ricevuto da diverse persone. La generosità di Marjorie Osterhout in fatto di tempo e spirito ha toccato ogni pagina. Gloria Attoun ha posto domande perfette e creato splendide illustrazioni. Rebecca Sullivan ha dimostrato, per l'ennesima volta, la sua abilità e pazienza come amica, lettrice e fotografa. Sydney e David Oliver mi hanno dato Parigi in dicembre. La scuola di cucina Blue Ribbon, Julie Logue-Riordan, Jeff McLean e Dian Campbell, Lisa Cooke e Mark Rechtin, Val e Simon Griffith hanno fornito ispirazione culinaria. Mark Craemer, Nina Meierding, Michael Bauermeister, Deedee Rechtin, Peggy Sturdivant e Holly Smith hanno letto con cuore aperto e mente limpida. MJ Rose ha aperto porte per qualcuno che conosceva a stento. Josh Getzler è stato il mio feroce avvocato, Amy Berkower un'agente straordinaria e Rachel Kahan un'editor intuitiva e di perenne sostegno. E ci sono sempre Caitlin, Rylan e Ben: vi voglio bene.

Che cosa l'ha ispirata a scrivere La scuola degli ingredienti segreti?

Nel 1997 abbiamo avuto l'opportunità di trasferirci a Bergamo, dove abbiamo vissuto per due anni. Venivamo dal mondo frenetico delle aziende di software a Seattle, dove spesso la cena dei nostri due bambini finiva per essere maccheroni al formaggio in scatola, e mio marito non era quasi mai a casa. È stata una rivelazione per noi scoprire come gli italiani che incontravamo celebravano la preparazione e la condivisione anche dei pasti più semplici. Quando, nel 1999, siamo tornati a Seattle, mi sono resa conto che il far parte di una comunità di tipo culinario mi mancava, e mi sono iscritta a un corso di cucina. Quasi subito mi sono trovata a fantasticare su una storia ambientata in un corso simile: un gruppo di sconosciuti che interagiscono in un'attività così intima e comunitaria. Quale poteva essere l'ingrediente del cuore di ognuno, quello destinato a evocare un ricordo, innescare una rivelazione, far maturare una scelta? Come si sarebbe sviluppata la dinamica del gruppo, quali rapporti sarebbero nati fra gli allievi? Nel corso del tempo, i personaggi e gli ingredienti mi hanno condotto in direzioni insospettabili all'inizio.

Nel suo libro c'è un'alchimia magica fra il cibo e la vita. Nella scuola di Lillian tutti i personaggi imparano a cucinare ma soprattutto, attraverso il cibo, imparano di quale ingrediente segreto la loro vita ha bisogno: crede che possa accadere davvero?

Nel romanzo c'è qualche elemento di quello che si chiama realismo magico, ma la cosa che mi piace di più del realismo magico è che, se non sospettassimo già quello che l'autore ci chiede di credere, non lo accetteremmo di sicuro. E qualsiasi cuoco che abbia assistito all'effetto del primo boccone di una golosa torta al cioccolato, o del profumo di un sugo che ha sobbollito per ore, sa che, quando si parla di cibo, la magia è possibile.

Credo che il cibo abbia la capacità di condurci verso la felicità, se lo permettiamo. Nella nostra società sempre in movimento il cibo costituisce un'opportunità, tre volte al giorno, di rallentare per ricordarci che oltre al cervello abbiamo un corpo, delle emozioni, abbiamo dita e papille gustative, abbiamo occhi in grado di vedere i colori e un cuore che può aprirsi alla persona che siede a tavola con noi. Questo, secondo me, è l'ingrediente segreto di ogni pasto.

Lillian, da bambina, riesce a salvare sua madre con una speciale crema al cioccolato che le aggiunge al caffè. Attraverso il cibo, scopre un modo di comunicare con la madre. In questo senso, pensa che il cibo sia un linguaggio? Che cosa è in grado di comunicare?

Lillian scopre il mondo del cibo da piccola, dopo aver imparato dalla madre a vedere le parole come suoni, ritmi e colori invece che come lettere sulla pagina, e applica al cibo un approccio ugualmente fantasioso. Per lei l'odore, il sapore e la consistenza degli ingredienti hanno specifiche personalità che possono interagire fra loro o con le persone che li preparano e li consumano.

Nella propria storia personale, Lillian vuole riportare la madre a contatto con il mondo. Con il purè di patate, uno dei cibi più confortanti, aiuta sua madre a sentirsi al sicuro. Il caffè mescolato alla cioccolata calda, con la buccia d'arancio e il tocco dell'anice, ricorda alla madre la passione. La mela, in tutta la sua semplicità e freschezza, è un simbolo delle vita stessa.

Chissà se attraverso il cibo che offriamo alle persone si possono mandare messaggi di amore e desiderio, di perdono e comprensione, di solidarietà e amicizia? Io penso sia ciò che facciamo sempre.

Chloe ha bisogno di fiducia in sé stessa; Helen e Carl di superare il passato; Tom ha bisogno di imparare di nuovo ad amare e Isabelle di ricordare; Ian ha bisogno di trovare coraggio: in che modo il cibo li aiuta?

Seguendo il romanzo alla lettera, troviamo ogni personaggio abbinato a un ingrediente particolare che gli permette di trovare che cosa manca nella sua vita. Le bollicine di prosecco e i sapori del salmone e della salvia conducono Isabelle, che soffre di Alzheimer, a ripercorrere i propri ricordi. Imparare a fare le *tortillas* a mano dà a Chloe la sicurezza necessaria a lasciare il suo ragazzo.

Ma in conclusione, la cosa ugualmente importante in queste storie, e nella vita in generale, non è solo il cibo ma il fatto di condividerlo. Senza il sostegno e l'amicizia degli altri allievi del corso, quelle rivelazioni non sarebbero avvenute. Un sugo confezionato non avrebbe mai aiutato Tom a guarire come accade quando impara a prepararlo con l'aiuto e la guida di Lillian. Il cibo può essere il veicolo, ma il carburante sono le persone.

Chi legge il suo libro, vedendo con quanto amore descrive i piatti, ne deduce che lei ami il cibo e che sia una cuoca fantastica! È vero? Qual è il piatto che preferisce cucinare?

Sì, mi piace considerarmi una cuoca, nel senso di una persona che prepara da mangiare per le persone che ama. Per me cucinare è fare un dono, è un'occasione di portare un momento di piacere nella mia giornata e nelle giornate di chi mangia ciò che preparo.

Per questo motivo credo che il piatto che cucino più volentieri siano i ravioli al formaggio conditi con il tartufo bianco, perché mio figlio ne va matto. O le *enchiladas* di pollo con la salsa verde, perché portano un sorriso sul viso di mio marito. O il sugo per la pasta a base di pomodoro, salsiccia, spinaci e aglio che una sera abbiamo preparato con quello che c'era in frigo, ed è diventato il preferito di mia figlia.

Lillian dichiara: «Non distribuisco ricette. Tutto quello che posso dire è che imparerete ciò che avrete bisogno di imparare, e dovre-

ste sentirvi liberi di scrivere qualsiasi cosa vi venga in mente durante la lezione». Se ne può dedurre che il messaggio sia questo: per imparare a cucinare bene non bisogna seguire i libri di ricette ma è meglio sperimentare. È così?

A me avevano insegnato che le ricette vanno seguite alla lettera e senza variazioni, ma arrivando in Italia ho scoperto un modo totalmente diverso di cucinare. Le donne che ho conosciuto qui avevano imparato a cucinare da bambine, guardando le madri. Per loro, cucinare era una lingua; gli ingredienti erano parte di una conversazione. Non avevano bisogno di ricette, proprio come per parlare la propria lingua madre non c'è bisogno di seguire le regole grammaticali: sapevano parlare per istinto.

Detto questo, credo che quando si impara a cucinare qualcosa per la prima volta – a fare i croissant, a preparare cibo indiano, asiatico o messicano senza averlo mai fatto – una ricetta possa essere utile. La mia speranza, tuttavia, è sempre che, una volta apprese le nozioni di base, ci si possa sentire portati a sperimentare.

Dopo aver vissuto in Italia per due anni, le piace il cibo italiano? Qual è il suo piatto preferito?

Il cibo italiano mi dava una sensazione di familiarità anche prima che ci trasferissimo qui. Nei sapori centrali della vostra cucina – il rosmarino, il basilico, l'origano, l'aglio – c'è qualcosa che mi dà gioia. Quanto al mio piatto preferito, sono i ravioli di zucca trovati una sera in un ristorantino di San Gimignano, quando i turisti in gita erano tornati a casa e tutto era tranquillo, surreale e splendido.

E adesso sta scrivendo qualcosa di nuovo?

Sì! È un romanzo con un nuovo gruppo di personaggi che esplorano di tutto, dal pane fatto in casa ai profumi, dai tatuaggi al *rafting* nel Grand Canyon. E a scriverlo mi sto divertendo un mondo.

Se è vero che il bello della cucina è la creatività, è anche vero che spesso c'è bisogno di un punto di partenza: ecco come realizzare le due ricette più dolci della *Scuola degli ingredienti segreti*. Per poi poi sentirci liberi, la prossima volta, di modificarle con il *nostro* ingrediente speciale...

LA TORTA BIANCA DI CARL

Per la torta:
farina 00: 350 g
lievito per dolci: 1 bustina
sale: mezzo cucchiaino
burro a temperatura ambiente: 170 g
zucchero: 250 g
tuorli d'uovo: 3
vanillina: 1 bustina
albumi d'uovo: 4 (più altri 30 g di zucchero)
latte: 200 ml

Scaldare il forno a 180 gradi.

Imburrare e infarinare 3 teglie da 20 cm diametro, per i 3 strati che comporranno la torta.

Setacciare la farina con il lievito e il sale e tenerla da parte.

Lavorare il burro per renderlo morbido, aggiungere lo zucchero e mescolare fino ad avere una crema, poi incorporare i tuorli d'uovo continuando a mescolare.

Aggiungere la farina e il latte a piccole dosi, alternando un po' di farina e un po' di latte.

A parte montare gli albumi finché non sono gonfi, aggiungere lo zucchero e montare a neve ferma (senza esagerare). Incorporarli delicatamente al composto già preparato.

Distribuire nelle teglie e cuocere per 20-25 minuti, finché uno stuzzicadenti infilato al centro non esce pulito.

Per la glassa:
burro: 220 grammi
zucchero a velo: 500 g
latte: 50 ml
panna liquida: 50 ml
vanillina: 1 bustina (se lo zucchero non è già vanigliato)

Lavorare il burro per ammorbidirlo, aggiungervi gradualmente lo zucchero insieme a vanillina, latte e panna. Regolare la quantità di zucchero e latte secondo la consistenza desiderata.

Confezionare la torta stendendo la glassa fra uno strato e l'altro e sulla sommità.

LA CIOCCOLATA CALDA DI ABUELITA

Latte: 250 ml
Buccia d'arancia: 5 scorzette
Cannella: mezza stecca
Cioccolato messicano o di Modica: 30 g
Caffè: una tazzina
Anice verde
Panna montata

Scaldare bene in un pentolino il latte con la scorza d'arancia, la cannella e il cioccolato spezzettato, mescolando. Aggiungere al latte un pizzico di anice macinato e versarlo in una tazza insieme con il caffè.

Guarnire con la panna montata.